水九 水某 —— 著

解忧电影院

那些电影教我的事

中国友谊出版公司

推荐序

哈啰,请问是解忧电影院吗

SKimmy（知名两性 YouTuber）

现在是凌晨四点,我人在伦敦,我的好闺蜜（她正在这城市攻读硕士）在我旁边睡得打鼾。

万籁俱寂,我翻完《解忧电影院》的最后一页,外头是偶有车过的英国街道,日子仿佛浓缩成一部英伦影集的模样。

"解忧电影院",我仿佛能想象它如果存在于实体世界中的样子。

它应该是在某个文教区不起眼的小巷弄里面。想要到达这里,你得先经过咖啡馆、卖着松软刚出炉面包的糕饼店、一些门口摆着盆栽的民宅,然后,"解忧电影院"就在那里。

巷子深处，小小一块招牌，店面也小小一个，神奇的是不管什么时候去，你永远都是唯一的一位客人。

身为电影院主人的那对夫妻，人称"水尢""水某"（有够亲切！）的两人之一会出来欢迎你（因为两人同时出来会让已经有些忧愁的你平添压力）。

"你好，请坐，请坐，今天有什么心事呢？"

你在靠窗的小圆桌旁坐下，将你的烦恼娓娓道来，然后，接待你的水尢或水某会沉吟半晌，转头向后面被亚麻门帘遮住的房间喊道："亲爱的，那部某某替客人准备一下！"

而你这时才见到夫妻中另一位亲切的脸，对方应了一声，笑着探出头来朝你说道："这是部好电影呢，你会喜欢的。"

他开始在里头的小放映厅忙进忙出，而陪你聊心事的那位会用全然了解而包容的温暖姿态对你说："在这之前，让我来告诉你一些关于这部电影的、启发人心的二三事吧。"

水尢和水某说："希望彷徨困惑的你，在别人的故事里，能够找到灵感与力量，并且记得——你所遭遇的，别人也走过。我们并不孤单。"

一直以来，我对电影的看法也是这样，借由他人向你诉说一个故事，你能够用第三人称，或更纯粹的第一人称角度来看待某些雷同的生命经验。

当我对优雅霸气的性感女角色心生向往，当我为受挫的英雄角色感到心疼焦虑，当我看着失去珍宝与安身之所的孩子痛哭流涕……观影时那些因剧情而生的情绪，都帮助我们认识自己更柔软、更真实的那一面。

走进解忧电影院吧。当你推开水尢和水某的门，门上的风铃会叮当作响，那些有关生活、学业、爱情、工作、人际、青春或深沉的烦恼，都将在水尢与水某推荐给你的客制化好电影中，看到一丝温暖的、令人泫然欲泣的曙光。

推荐序

写给问事者的电影情书

吴晓乐（作家）

从小到大，阅读不同报纸或刊物，最喜欢一种"问事"的专栏。读者小心翼翼地提出他们生活上所遭遇的处境，由作者给予方向。

这种专栏有趣的地方在于，人们把他们的生命史切出一个面向来，放在如同载玻片的专栏上；作者则像个训练有素的研究员，厘清问题，紧接着进行分析，最终提出可能性和判断。

但这本《解忧电影院》在陪你梳理烦恼的过程中还多了几份小红利。一来，作者是一对夫妻，很符合我们问事时喜欢多重比对的精神。多一个人，多一项观点，感觉也多一些保障。我尤其欣赏书中也收录他们写给彼此的问和答，这是你在个人专栏难以见识的精彩局面。回答问题的两人，原来也会不安、心有彷徨。

再来，读者将发现到，水尢和水某的人生中也各自经历了一些挫折。在职业生涯和感情生活上，他们并非水到渠成，而是反复地调整心态，适应局势变化。偶尔也有气馁与挫败的时刻，这也增添了他们建议的说服力。毕竟，摔过跤的人与毫发无伤的人，我们似乎更渴望来自前者的声音。

最后，他们所回馈的一切，不会只完成于这几百字的文字或数分钟的影片，最终读者仍被赋予一项任务：把自己带到电影的面前，深刻浸润在剧情、声光与演员的表现之中。若我们见证主角经历着跟我们类似的考验，无论他采取了怎么样的行动，并且，他的行动是否召唤出良好的结果，那都不是最要紧的。关键应在于，我猜也是这本精致的、捧在手上的电影院想传递给读者的信号：你并非孤独地承受着人生的风暴。

创作者之所以费尽心思,将一个故事搬上银幕,无非是他们有信心,这样的故事能遇到与之共鸣的观众。而水九、水某像是居中的摆渡人,把你从此岸送到彼岸,一边摇桨一边说起他们的阅历。当船缓缓靠岸,书页轻轻合上,而光线渐渐暗掉,属于读者的探索与思辨正要开始。

推荐序

在仓皇的人生里，
拣一部电影陪你

海苔熊（心理学作家）

　　以前我常常在想，究竟是我们需要电影，还是电影需要我们。后来我终于慢慢明白，其实电影和人类是"互利共生"的个体。人生太大、太复杂，太多我们无法从现实生活当中获得的答案，需要电影提供我们抒发和慰藉（有些心理治疗也会采用电影当作疗愈的媒介）。然而电影也反映着现实世界当中的各种起伏与观点、旧时代的品味和集体记忆、能够被大家接受和不能够被大家所接受的事情等等。正因为我们的人生和电影就像是镜子的两面，互相回应着彼此，所以当我们面临人生的种种挫折时，从电影中"别人的故事"里，也能看见自己的影子。从英雄原型的角度来看，几乎每部电影都在讲述一名英雄遭逢困境与面对困境的过程，而认同这部电影的人，势必也从电影中看到自己目前的人生课题。

从第一本开始，我就一直推荐身边朋友到现在。"那些电影教我的事"的作品也堂堂迈入第五集。这次相较于之前有个更大的突破是，水九、水某不只是讲电影里的故事，也书写读者的故事以及自己的故事。透过三个层次、三种故事的交织，我们看见不论是戏里戏外，每个角色都有他们的恐惧，也有他们难能可贵的勇气；每个渴望被爱的人都同时害怕受伤害；所有的梦想里都蕴含着彷徨。而这一次又一次的看见，或许还没有办法解决来信者的人生问题，但光是他们发现这世界上不是只有我一个人会痛苦、犹豫、进退两难、自相矛盾，这样一种"我不孤单"的感觉，就能够成为他们继续往下、挑战人生的力量。

跟以往一样，每个故事前面都有一句"金句"。如果你光读句子本身，会觉得如同心灵鸡汤，但如果每个句子后面都穿插两三个和这个句子有关的电影与故事，它就不只是一碗汤，而是一句可以让你握在手心、越过人生困境的护身符。

例如"不要为了得到幸福，就急着结束单身"让你想起《征婚启事》里面总是等待，却总是因为找上门的人不符合期待而感到无奈的女子。她真正的困境不在于遇不到对的人，而在于不相信自己可以遇到对的人。又如"每个人面对现实的方法都不一样，有的人逃避，有的人抵抗，有的人只是需要时间慢慢说服自己接受"这句话。当你看过《好莱坞往事》里那个经历人生大起大落的里克·达尔顿，会发现其实这就是人生，练习放下与接受，反而是自我成长的开头。

书里还有很多类似的例子，看完电影的你可能忘记大部分的情节，但从这本书中，可以带一个句子走。这个句子就像是一把钥匙，方便你提取那些印象深刻的画面。有了这把钥匙，那些你以为穷途末路的困局，很可能因为一句话、一部电影,甚至一封来信、一则感同身受的建议,引领你走向柳暗花明。

从翻开这本书开始,写下属于你的人生故事。

推荐序

人生很难，还好有电影

欧阳立中（Super 教师、畅销书作家）

  我在高中教国文，电影是课堂中最棒的助教。比方我教墨子的"兼爱"，孩子们笑墨家傻，我于是请他们看电影《墨攻》。看完后，他们眼神转为敬重，突然明白墨家不傻，他们有能力，但选择了善良。所以，身为一位国文老师，看电影成了我的备课日常，我总在电影的海边徘徊，做一个捡拾贝壳的孩子。有时，灵感满载而归；有时，也会空手而还。

  可是后来，随着事业忙了、孩子有了，好好看场电影成了一种奢侈。电影太多，时间太少，我们再也没有空手而还的本钱，每次看电影，都希望能在电影中得到些勇气，好让我们迎接这个苍凉的世界。

是的,人生很难,还好有电影;挑电影很难,还好有水九、水某。

面对粉丝来信诉说的生活烦恼,水九、水某选择推荐一部电影给他们,因为一部电影,胜过千言万语。有时,我们以为自己的烦恼像是天塌下来般令人绝望,但回头看完电影,才发现那些烦恼早透过编剧的笔、导演的镜头、演员的真情,给了答案。答案不一定适合你,却让你知道,你并不孤单,那就够了。

这本《解忧电影院》正是水九、水某集结你我的烦恼,然后用他们对电影的洞察与感悟,给了我们一道出口。

像是正在求学的你,迷惘了。他们从《录取通知》告诉你:"学习的目的不在服膺世俗价值,而在找到你的热情。"水九还爆料了自己被退学的经验,却在挫败里发现自己的热情所在。

像是正想谈场恋爱的你,却苦无对象。他们从《征婚启事》告诉你:"当你不再执着没谈过恋爱这件事,自然就会有人喜欢自在潇洒的你了。"是啊！心心念念求来的爱情，可能不是爱情，只是渴望被爱。

像是正为事业冲刺的你，却不知如何拿捏家庭。他们从《实习生》告诉你："我们都有梦想，却总是为现实妥协。但帮助我们在两者间找到平衡的，永远是那些爱我们的人。"水九、水某还加码分享他们经营粉丝团的两难抉择，一个离职全心经营粉丝页，另一个继续在工作里追寻梦想。

鲍勃·迪伦曾说："有些人在雨中领悟了什么，但有些人就只是被淋湿了。"电影也是，有些人在电影中领悟了什么，但有些人就只是看完了。水九、水某的《解忧电影院》，让你不只看完电影，也能悟出道理。

人生的确很难，但庆幸的是，我们都是这部电影的主角，结局由自己决定！

自序

我们的故事

从 2012 年成立"那些电影教我的事"到现在,我们已经收到两千多封读者来信。刚开始,来信者大多询问某些主题的电影建议,例如失恋的电影有哪些,或有关教育的片单有哪些。渐渐地,这些问题的描述变得愈来愈详细,许多来信者甚至把我们当成了一个信任的对象,将他们生命中无人可问或不敢问的问题,都巨细靡遗地告诉我们。

在这两千多封的来信中,我们发现大家的烦恼不外乎是学业、工作、自我、人际关系等面向,其中感情问题更是占了大宗。在征得同意后,我们便保留来信者的烦恼,并书写

"回信"发表在社群平台上,好让其他有难言之隐的人也能够得到一些启发。这样的做法无意之间让每一篇回信的帖文成为一个交流的平台,也让有类似经验的热心读者们能够提供一些意见,互相打气鼓励。

当我们第一次听说日本小说家东野圭吾的《解忧杂货店》时,就被书中"帮人解答难题"的设定给深深吸引,读完之后更想起我们所回复的每一封信与每个受苦的心灵。被《解忧杂货店》感动的我们也期许自己能像浪矢爷爷一样,长年坚持地读信、回信,温暖地陪伴着来信者。于是我们决定把这个推荐电影、回答读者来信的单元叫作"解忧电影院",也是在向这本书致敬。几年过去了,直到现在,这已经是我们每周固定会发表的内容,也往往是获得最多回响的文章。

我们并非专业咨商人员,来信内容也仅提供了一部分的视角,所以我们从不贸然给予答案或方向。我们想先让来信者知道,他并不孤单,有人愿意倾听他们的烦恼,并且借由一部电影、一个角色、一句话语,甚至一个提问,让他们暂时能喘口气,不再钻牛角尖。

我们一直深信电影中的人生起落总能带给我们许多启发，即便是同一部作品，每个人的解读与感受都大不相同。或许我们这么喜爱电影就是因为总能在其中投射自己，沉淀过往的足迹，窥见未来的影子。

所以，我们提醒自己要如一部好电影般，不要轻易地给出一个答案，更要借由倾听与分享，来刺激更多的对话与理解。这也是我们持续书写"解忧电影院"的初衷。

当然了，这样的出发点，的确让我们觉得回信是个不小的责任，甚至时常会像浪矢爷爷一样，担心自己到底有没有帮助到来信者，会不会影响了别人的生活。但回想起过去七年的心路历程，我们宁可选择鼓励大家说出心声，也不要因为害怕责任而遗忘了我们的初衷——借由电影启发人心。过去，也有许多收到回信的读者，在过了一段时间之后，再度来信向我们道谢，并告知近况，这也成了支持我们继续下去的动力。

我们在这本书里精选出五十个困扰读者最多的烦忧，在结合了百部电影里蕴藏的智慧与启发之后，以我们两人自身的人生经验,来提供一些新的视角。希望彷徨困惑的你,在别人的故事里,能够找到灵感与力量,并且记得你所遭遇的,别人也走过。我们并不孤单。

欢迎走进解忧电影院!

🎬 目录

推荐序	哈啰，请问是解忧电影院吗	I
	写给问事者的电影情书	IV
	在仓皇的人生里，拣一部电影陪你	VII
	人生很难，还好有电影	XI
自序	我们的故事	XIV
第一场	关于学业——这张电影票，究竟会带我去哪里	
	被安排好的未来	4
	选错系了怎么办？	9
	老是自我怀疑	14
	毕业后，何去何从	20
	留学的建议	25
	求学时的低潮	31

第二场　关于感情——走进影厅，遇见爱情

等爱好难	38
该怎么说出爱？	42
我们，渐行渐远了……	46
害怕抉择	51
三角习题	56
无法走出失恋伤痛	61
远距离恋爱	66
爱情中的替代品	70
期待值的落差	74
感情中的第二次机会	79
难以启齿的性事问题	85
感情中的对与错	90
如何找到真爱？	95

第三场　　关于工作——看见幕前，想想幕后

害怕犯错的心理	102
得不到的成就	108
办公室政治	113
格格不入的职场	120
不知为何而战	125
陷入选择僵局	131
事业与家庭的挑战	137
如何领导？	143
同期之间的竞争	149
离职的思考	155
从兴趣到专业	161

第四场　　关于人际——我亦是你生命中的演员

在人群中的疏离感　　168

不想成为边缘人　　173

撕不掉的标签　　178

逐渐冷却的友情　　184

应酬交际是必要的吗？　　189

与家人的紧张关系　　194

无法谅解父母　　200

没时间陪伴重要的人　　205

对他人的各种恐惧　　210

第五场 关于自我——翻开人生剧本，写下属于我的故事

自身存在的意义	218
摆脱不了想比较的心	223
装模作样好累	228
曾经的过错与恐惧	233
来不及说的再见	238
想要成为别人	243
追梦的挑战	249
沉溺于过去荣景	254
在复杂环境中迷失自我	260
写在脸上的情绪	266
"放轻松"的练习	272

解忧电影院

第一场

关于学业 ——

这张电影票，
究竟会带我去哪里

小小的一张纸，上面写着电影名称和上映时间，
就像青春时期的学业，不同的科系与课别，
等着我们前去探索。

被安排好的未来

———————————————————————— Lessons from Movies

对一场不满意的人生，你只有两种选择：
强迫自己接受，或说服自己改变。
——《奇幻人生》

You can only do one of two things to an unsatisfied life:
force yourself to accept,
or convince yourself to change it.
—— *Stranger than Fiction*, 2006

亲爱的水九、水某：

我是一个高中生，就快要毕业了。面对大学的选择，希望你们能听听我的烦恼。

我的爷爷是一位很有名的医生，爸爸和两个叔叔也都是医生，几个堂兄弟姐妹不是已经当了医生，就是正在读医学院，所以我一直觉得从医是理所当然的事。直到最近我开始在想，自己真的想当医生吗？还是只因为家人都这样期待，而我也没有想过其他选项，所以就顺理成章地等着当医生？

我试着问过我爸，如果不当医生的话，他会怎么想。他反问我，如果不当医生的话，我要干吗？我自己想了很久，我不讨厌医生这个职业，甚至也以家人为荣，可是我很不喜欢自己的人生都还没开始，就好像已经注定了一样。请问你们可以介绍一部能帮助我思考这问题的电影给我吗？

亲爱的你：

我们推荐给你的电影，是我们都很喜欢的一部喜剧《奇幻人生》。

哈罗德是一名国税局的员工，总是过着非常精准、一丝不苟的生活。每天几点出门，几点回家，每次刷牙要刷几下，哈罗德都很执着地要按照计划来。这样的生活却在某天开始改变。哈罗德开始听见耳边有人口述着他的一举一动，不只描述着他正在做的事，也会预测他的未来，甚至是预告他的死亡。

原本凡事都不想要改变的哈罗德在被预告死亡之后害怕不已，但也因为不甘心自己的命运就此被决定，决心重新检视自己的人生，并且尝试改变它。最后虽然付出了一些代价，但成功改变命运的哈罗德，再也不会害怕尝试，从此过着完全不同的人生。

水九在今年初的时候参加了一场座谈会，主持人问："如果你遇到了十年前的自己，你觉得他会问你什么问题？"当时水九回答："他应该会问我，为什么可以过得这么随性？"

在把经营粉丝页当成职业之前，水九跟许多人一样，都认为人生应该要按部就班。好好地读书考试，考上好大学，进到大公司，娶个好老婆，买栋好房子，就会是个好人生。但十年过去了，水九发现自己根本没有按照这个计划走，却依然觉得自己的人生非常美好。虽然我们在做的不属于任何"传统"的职业，也没人能告诉我们该怎么做，要往哪走，但正因为我们得替自己做出每一个选择，所以不管结果是好还是坏，我们都非常乐在其中。

之所以推荐这部电影给你，主要是觉得你心中所害怕的，其实和电影中男主角所遇到的情况有些类似。你认为自己的命运已经被注定了，日后看来只有一条路可以走，就像哈罗德听到耳边的旁白叙述着他的一举一动般，自己仿佛没有任何决定权。但事实却刚好相反，你绝对有改变自己命运的能力。

不妨先和家中每一位成员聊聊，问问他们当初想要从事这门职业的原因。或许爸爸和叔叔们是受到爷爷的影响，那爷爷呢？他应该有不同的原因了吧？在得知他们的原因后，好好消化一下，再想想自己是为了什么。而当你经过这样的思考之后，不管结果如何，都会是出自你自己的决定，而不是什么注定的命运。

我们无法告诉你当医生是不是一个好决定，这只有你自己才知道；但我们要告诉你，选择是握在你的手上的。如果不满意人生，却又无法强迫自己接受，那就试着改变吧。

同场加映

《为家而战》 Fighting with My Family, 2019

既然要去的地方不同，又何必在意别人走的是哪条路？
There's no need to care which path others take because you all have different destinations.

选错系了怎么办？

———————————————————————— Lessons from Movies

宁可感受真切的现实，
也不要留恋虚幻的假象。
——《伊甸园》

I'd rather face the harsh reality,
than to do well in a false fantasy.
—— *Eden*, 2015

嗨，水尢、水某：

研究所发榜后，虽然考上了，但我却不开心。当初报考研究所是为了多一个漂亮的学历。因为我觉得这会影响到之后工作的起薪和升迁的机会。虽然对这个系所不是没兴趣，但最近反而有点排斥去上课。我有点讶异，也在想自己是不是压根儿不适合在这个领域发展，因此正准备再多考一些证照。

老实说，大学四年来，我觉得自己只是盲从，不知道想要什么，对于所就读的系所也没什么期待。一开始觉得不太对劲，但当时也不知道要转去哪个科系，于是就这样一路拖到毕业。也或许那时还有社团、系学会、系队可以玩，所以时间很快就过去了。

但在研究所中，很多研究都要自己做，也不是能像以前一样混过去。现在的我突然对于未来很迷惘，却又不敢跟家人说我真实的心声，他们若知道，一定会很生气。

亲爱的你：

我们推荐的电影是《伊甸园》。

保罗从学生时代就接触电子舞曲，他与朋友合组了一个 DJ 乐团，希望能闯出一番事业。但十几年过去了，保罗从一开始在夜店闯出一点名声，有机会邀约国外歌手，自己也能出国表演，到后来只能在一般人家的泳池派对演奏，最后还沦落到在塞纳-马恩省河畔的船上，为稀稀落落的听众伴奏。他一直期盼爆红的机会，却不断被市场淘汰，接连失去了好几个女友，也染毒欠债，让家人担心。他不禁怀疑自己的逐梦之心，难道是错的？这十几年的青春就这样付诸流水⋯⋯

推荐这部电影不是要表达"追求梦想"是错的，而是要提醒你，勇于想象的同时，也要顾及现实状况，才能筑梦踏实。保罗坚持的 DJ 工作并没有错，他错在太远离现实。摇滚曲风一直都很多变，创作者不断更迭，带来更多元、更新颖的流行，这是事实；但他总是坚守自己熟悉的曲风，没有注意到外界的变化与趋势。同时，他也让自己停留在同温层，与朋友们互相取暖，终究染上毒瘾，无心在自己的经济与未来规划上努力。拖欠了一屁股债的他总是寄望于下一场大型表演、再多一个机会，去弥补眼前的大洞。

保罗沉溺于"总有一天会轮到他"的虚幻假象中，却没有积极争取、与时并进。终究在失去财产、青春、健康与情人之后，才被外界强迫面对现实，辛苦而无奈地工作。

我们看到你的虚幻有可能是"盲从"。因为听说学历、证照会影响薪水，为了安全感，不得不去追求这个美好的假象，因为这是最容易的事。就像保罗一样，他相信的成功，就是某天突然爆红；而你想要说服自己的，就是只要做了某件事，就可以暂时安心，不会对不起任何人。

时间多么残酷，十几岁、二十岁时，茫然无措，过着交差了事的人生；没多久就来到三十好几，压力更大，期待更多，感觉自己选择更少；等到四十、五十岁，还会因为上有老、下有幼而变得更加无奈。这一生就这样过去了。

我们在这里说的"真切的现实"就是去勇敢面对自己的迷惘无助、不知道未来要做什么的事实，然后用负责任的态度去体验、探索，与关心自己的人沟通，而不是躲到社会虚幻的期待中，来欺骗自己的心。

同场加映

《龙虎少年队2》22 Jump Street, 2015

若是不肯做出改变，就不要一直抱怨。
Stop complaining if you're not willing to make any changes.

老是自我怀疑

———————————————————————— Lessons from Movies

若不想失去选择人生的自由，
就要有挑战命运的勇气。
——《二十》

Find the courage to fight
if you don't want to lose the freedom to choose.
—— *Twenty*, 2015

水九好、水某好：

我还在就学，一直都知道自己不是个聪明人，也没什么自信。但我想我很有自知之明吧，所以会特别努力。现在也正在实践出国念书的梦想。

一个人在外的日子并不好过，不管是语言能力，或对于学科专业的理解，甚至是不太适应国外的教育风格，这些对我来说都是难以克服的挑战。

除了担心没办法顺利完成学业，时不时还会怀疑出国的决定是否错了。我一直都期许自己要成为一个"有选择"的人，能够选择自己的未来，为家人选择更好的生活。但在这痛苦的过程中，我开始不断质疑自己真的能做到吗。现在连能不能顺利毕业都是个问题了！

亲爱的你：

　　我们推荐的电影，是由韩国当红影星姜河那、金宇彬、李俊昊所主演的《二十》，而这部电影的编导是《极限职业》的导演李秉宪。他的作品之所以这么引人发笑，就是因为他对人生的观察很细微，在"不上不下"的心路历程中，加上些许夸张的呈现方式，让观众很有共鸣。

　　故事叙述三名高中同班同学，因为不约而同地喜欢上同一个女生，意外成为形影不离的好朋友。高中毕业后，其中一人考上大学，乖乖念书，因为个性内向温和，遇到不合理的事或是喜欢的学姐，只敢在酒醉后吐露心声，或是暗自幻想恋情。另一人毕业后整天窝在家发呆，无所事事，整日上夜店搭讪女生，误打误撞发现自己对拍戏与"坏女人"的热爱。还有一人家境贫困，只能不断打工养家，因为经济压力而无法追寻对于漫画的热爱，也不敢谈恋爱。

在满二十岁的当下，他们三人开始体会到人生的酸甜苦辣，看见未来的无力与迷惘，这些都让他们对于成长感到害怕。有一幕，他们一伙儿醉醺醺地问餐厅里的老板大哥：难道这就是"大人们"要承受的苦吗？大哥只能老实地说："这还只是开始，以后还有更多更惨的事情会发生呢！"无可奈何的他们也只能边走边调适，跌跌撞撞地携手成长……

其实，你的担忧，水某完全能感同身受。在2006年离开人人称羡的外商工作，前往英国攻读营销硕士时，水某承受了极大的压力。因为一年内就要完成学分，课程与报告排得特别满；也因为学校是英国少数的研究型机构，产学合作计划特别多。除了自己埋头苦学以外，还要参与许多小组活动与竞赛，心理压力不小。一向很有信心的自己，却在英国到处投履历、面试失败后，才发现很多事情并不如想象中美好。

当时，水某跟水尢的感情也不顺遂。水尢一直对于水某选择到英国念书，不去加拿大让两人可以在一起而耿耿于怀（当时水尢定居在加拿大），也因为距离远而产生许多信任问题。这些都发生在一年多的时间里，让水某不断地自我怀疑。

当年一直以为留学是自己的梦想，但现在回过头，才发现年轻的自己或许只是想要逃避。逃离纷乱的家，逃离在工作上的没自信，希望只身一人在陌生的地方想清楚自己是谁、目标为何。这代价真的很高，除了贷款出国，回来时还碰上了金融海啸，大概拖了一年都找不到工作。

回想当时的自己和现在的你，与电影中的三人都有着同样的心路历程。但会后悔当时出国的决定吗？绝对不会，反倒庆幸那时对梦想的莫名坚持，让水某开了眼界，看清楚自己，也磨炼了心志。即便回国的一开始好像更不顺遂，但拉长时间来看，那绝对是一段珍贵且不可取代的时光。若晚个几年，或许羁绊就会更多。

我们每天都得在不同的选择中度过，但我们往往会因为不愿承担后果而不去做决定；或是做了决定之后，又后悔当初的选择。其实，我们或许该调整自己的出发点：不是选择一条比较轻松的道路，而是选择最符合当下目标与动机的一条路。这样一来，当这条路出现障碍时，自己才会有动力去清除它，而不是猜想没选到的另一条路可能比较好。而且也应该要在一段时间过后，回头审视自己的目标与动机是否改变了，是否也该要跟着改变选择。

你还年轻，就很有自觉，所以别担心，现在经历的怀疑都很正常。就算再怎么坚定的人，私底下也会有着同样的迟疑。先别太过紧张，好好享受这可以尽情探索的年岁，不然在迟疑中度日，习惯了之后，可是会让未来的自己更不敢挑战命运喔！

同场加映

《保姆日记》*The Nanny Diaries*, 2001

有的人被人生改变，有的人选择改变人生。
Some people are changed by life;
some people choose to change their life.

毕业后，何去何从？

———————————————————————— Lessons from Movies

如果人生是迷宫，心就是地图。
心愈坚定，路愈清楚。
——《弗兰西丝·哈》

If life is a maze, then your heart would be the map.
The steadier your heart is, the clearer the path.
—— *Frances Ha*, 2013

亲爱的水九、水某：

　　我有一个烦恼，老是觉得自己不太有主见，上了大学后好像变得更没想法、更不会念书了。好几次逼着自己念书，可总是坚持没多久就半途而废。或许我不是读书的料吧，只是浑浑噩噩地过日子，找不到人生方向。

　　高中时和老师聊过后就填了现在的系所，都快毕业了，仍然对所学的科系没什么热情。不过若要转换跑道，有太多现实层面必须考虑，想到毕业后可能会遇到的种种问题，甚至一辈子是不是就只能这样下去，就让我陷入了低潮……

亲爱的你：

　　《弗兰西丝·哈》是一部很特别的黑白电影，女主角弗兰西丝由好莱坞文青女神格蕾塔·葛韦格所饰演，而她也是本片的编剧之一。

二十七岁的弗兰西丝是一名舞者见习生。与闺蜜住在一起的她,最爱的时光就是和闺蜜抽烟,聊是非。就算有男友,也不过是勉强在一起,找到机会就谈分手。在工作上没有目标,没有压力,只是等待着有天能够正式登台表演,成为名副其实的舞者。

天真又神经大条的她,就在闺蜜订婚并搬出公寓之后,随便找了几个室友暂时分租住处。不仅与好友愈来愈疏远,接踵而来的还有工作上的挫败。因为表现散漫,她总被上司当作备案,即便主管好意安排了行政工作,她仍然一事无成。而且不太懂交际的她接连碰壁,甚至还因为羡慕别人出国旅游,一时兴起就花了大半积蓄跑到巴黎玩,搞得自己筋疲力尽。

你在大学时遇到的迷惘是很自然的,许多人出了社会后好几年都可能还在为这些问题烦恼。但恐怕没有人能为你解答,因为你必须先省思自己的位置、自己对于幸福的定义是什么,才能渐渐摸索出可能的方向,并且随着自己成长，弹性微调。

不知道是不是巧合，水某和弗兰西丝一样，也是在二十七岁，独自一人在英国念书时，才摸索出自己身在何处，想要去哪，怎么达到自己的理想。那时候的自己，虽然没有弗兰西丝这么丧志，甚至在外商公司工作了几年，才确定自己对营销专业的兴趣，但着实硬着头皮扛了一百多万的贷款，只身前往英国。更惨的是回来那年就遇到了金融海啸，许多公司纷纷裁员，就算拿了硕士文凭也找不到工作。

在这么凄惨的情况下，水某梳理了自己的价值与人生目标，试着倾听内心的声音，才慢慢有个雏形能够去探索。当时水某便决定回到前公司的原职位，用新人的心态做一样的事。被旁人嘲讽"何必要花钱出国？回来还不是做同一份工作？"时，却因此获得了更多注意与机会，一肩扛起两人份的工作。一年后，水某在公司成功内转，拿到梦寐以求的营销副经理的职位，提前完成梦想！

如果人生是迷宫，心就是地图。而心中的地图不是一出生就有的，而是在跌跌撞撞中一笔一画描绘出来的。别急，让旅程在你眼前慢慢延展开来,细心品味路过的风景事物,这些可是未来的你会回味不已的宝贵时光喔!

> **同场加映**
>
> 《毕业生》*The Graduate*, 1967
>
> 自己的问题,往往只有自己才能解决。
> Oftentimes we are the only ones who can solve our own problems.

留学的建议

水尢也想问

———————————————— Lessons from Movies

不必向不值得的人证明什么，
生活得更好，是为了你自己。
——《托斯卡纳艳阳下》

There's no need to prove anything to anyone;
it's your own life that you should be improving.
—— *Under the Tuscan Sun*, 2003

欸，水某：

我真的很钦佩你可以抛下一切（包含抛下我），自己一个人去英国留学。想到你瘦瘦小小地拖着行李上下飞机，独自搬进宿舍，省吃俭用，紧张地上台用英语做简报，一定很辛苦！但同时也很羡慕你有过这样的经验。

我们之前说过，我一直很向往去法国学料理，在当地待个一年，体验留学生的生活。你会给我和其他想要出国念书的读者什么样的建议呢？

嗨，水九：

我也不是专家啦！而且若要跟你解释，太花时间，还是你带我去比较快！不过如果能够回到过去，给自己建议的话，应该会是这三点：

第一，选对目标。也就是先确认好自己出国的动机与目标是什么，才能知道自己要去哪里，就读什么样的学校。当时的我因为对营销特别有兴趣，梦想能够为一个具有启发性的品牌做营销。于是便从各大学校中，找出最有产业观点的学校，而且就只申请这一所。不过，即便自己在出国前在知名公司做过两年的营销，我发现自己的知识量仅限于渠道，的确对于品牌的生成与经营架构不甚了解，完整的基础还是在留学的那一年建立起来的。等到回来继续从事营销工作，的确更融会贯通了。

常有人问要先进职场或是先进修。我觉得各有各的好，其实没有一定的顺序。先进职场的好处是能测试自己有兴趣的领域，再回头进修时，会更珍惜进修的时光，且更能触类旁通；但先进修，带着清楚的知识架构进职场，一开始会比较有自信，视野也比较清楚。所以真的要看自己的状况而定。

第二，调整期待值，并接受各种可能性。只身在外风险特别高，什么事都会出错，所以除了计划好备案，也要调整自己的心态，别太理想化，不然把宝贵的时光浪费在"失落"上就划不来了。我在开学前一个月先去加拿大找水九，想说这段时间学校应该就可以确认我的宿舍套房了，但没想到开学前一周到校，舍监才跟我说宿舍临时有状况，最后只能借住在其他同学的房间里。带着大包小包的行李睡在别人家地板，不敢采买日用品，真的有够别扭。但也因此让我更快融入学校的团体，交了几个外系的朋友。所以就算遇到了状况，也要记得让自己抱持更开放的心态去面对喔！

第三，享受每个当下并为自己做记录。这点对于当时二十七岁的我还真做不到。一开始烦恼宿舍问题，后来又烦恼语言与课业问题，同学约去欧洲玩又有预算问题，快毕业了又担心论文写不出来，要回国了担心找不到工作……要是能重来，我一定会让自己专注在当下并好好记录下来，而这个记录不是要做给别人看的，是要留给未来的自己，留下珍贵的足迹。

这一年多的感受很像是电影《托斯卡纳艳阳下》的主角弗兰西丝的经历。她是美国旧金山一名成功的作家，看来生活美满，却因为离婚而变得颓废沮丧。在前往意大利托斯卡纳度假后，她发现了一幢待售的别墅，当即冲动地买下房子，决定留在异地生活。

可以想见,毫无准备的她吃了非常多苦头,但她也知道自己得借由离开来挥别过去,展开新人生。她很清楚当时的自己没有更好的选择,于是聘请一群波兰移民来装修别墅,并尝试新的料理方式,学习新的语言以融入当地生活。以往种种不快,也在她专注于新的生活方式之下,似乎不再重要。

不过在异乡独自生活,绝对没有想象中浪漫。弗兰西丝在买下新居的第一晚就经历了一场狂风骤雨,看到洗衣机被雷打到炸裂,床边还藏了一条蛇。当年在宿舍失眠了好一阵子的我完全可以体会她的慌乱与害怕。看着摇摇欲坠的百年老房,整修费用不断攀升,没有工作的她只能想尽办法另找出路。她也害怕,若是牺牲了这么多,还不能换回自己想要的人生,日后的她还有什么机会呢?

初来乍到时,她曾许下一个愿望,希望这个家会有个主人,有个幸福的家庭与孩子的笑声。本来以为在异乡会有艳遇,嫁个好男人,为他生下孩子。没想到最后却是自己的好友怀孕来到这里生下了孩子,而自己则成长为一个独当一面的女主人。换个角度看,弗兰西丝的确实现了她当初的愿望。

而我在英国一年多的留学生活成了支撑我后来多年的工作动力,只要忆及身在校园、宿舍里的感受,就会回想起当时的初衷,没有那一年的时光,我不会这么确定自己的人生方向。所以,还是很庆幸当初选择只身前往英国。

下个目标,希望可以"陪"水九你去法国学料理喔!

同场加映

《布鲁克林》Brooklyn, 2015
只要不是你想要的,再好也无须留恋。
Never hold on to something just because you are having a hard time letting it go.

求学时的低潮

———— Lessons from Movies

有些人因为看不清路，所以选择原地踏步，却在一成不变里，慢慢迷失了自己。
——《录取通知》

Some people stand still when they can't see the path, but are still lost by not making a move.
—— *Accepted*, 2006

亲爱的水九：

既然我们都写到有关"学业"的篇章了，而我自己在学业上从来没有过什么丰功伟业，是不是可以请你分享一下你在大学被"退学"的故事呢？好让我们大家笑一笑，也学个经验呀！

嘿，水某：

唉，我本来以为我可以到死都不用公开这个秘密的，不过要是我的故事可以帮助到有类似经验的人，那也算值得了！

我大学一年级的时候被退学过，连续两个学期平均成绩都低于百分之四十（GPA 不到 6.1）。但其实我从小到大都挺会读书的，小学拿过全校模范生，研究所还拿过奖学金喔！可是回想被退学的那段时光，我真的不知道自己在干什么。

我们那个时代长大的人,最常从父母或长辈那里听到的叮咛,就是要好好念书,长大才能当医生、赚大钱。我自己的两个表姐就是医生,而且还是常春藤名校哈佛和斯坦福毕业的高才生!虽然我的父母从来没有给我压力,但我还是能感受到隐约的期待,也因为当时不知道自己想做什么,大学选系的时候就选了生物化学系,想看看有没有机会挤进医学院之类的。

然而,才开学不到两个星期,我就发现自己一点都不喜欢读生化,每个科目几乎都是用硬背的,根本谈不上理解。不出所料,在挣扎了两个学期之后,我就被残酷地淘汰了。

我从这段经历学到最重要的事,就是要找到自己的热情。因此后来当我看到《录取通知》这部电影的时候特别有感触。

巴特比是个茫然的高中生,申请大学时被所有学校拒绝,完全不知道自己毕业后要怎么办。最痛苦的是来自父母亲的压力。而他与几个好友都遇到同样的难题，因为社会上普遍认为没有进大学就完蛋了，日后人生的路一定很难走。

于是，这几个所谓的"鲁蛇"（失败者）决定要做点什么。他们干脆找了一座废弃的建筑，改装成一间理工学院，并借此欺骗父母与以前的同学们，自己是有被学校录取的。没想到无意间却吸引了上百个和他们一样没有大学念的高中生蜂拥而至，要求来到这间假大学上课。

因此，巴特比与一群好友一路上被逼迫着要不断精进这间假学校，甚至在优化当中发现了自己办学的兴趣，也真的从"使用者"的心态来思考到底教育是什么，学生们需要什么，大家又对什么才有热情与兴趣。

就这样，一间假大学居然蜕变成一间人人称羡的合格大学。

当然，这部电影夸大了很多的事，但是我觉得它还是很真实地传达出"热情"对一个人的重要性。当我们对一件事有热情的时候，不只会自动自发地投注更多的心力，即便遇上挫折，也不会轻易地放弃，而这点也是让一个人能够成功的关键！

同场加映

《志气》 *Step Back to Glory*, 2013

对于热爱的事绝不要轻言放弃，坚持或许会痛，但更痛的是后悔。
Never give up on what you love; persistence can hurt sometimes, but regret is even worse.

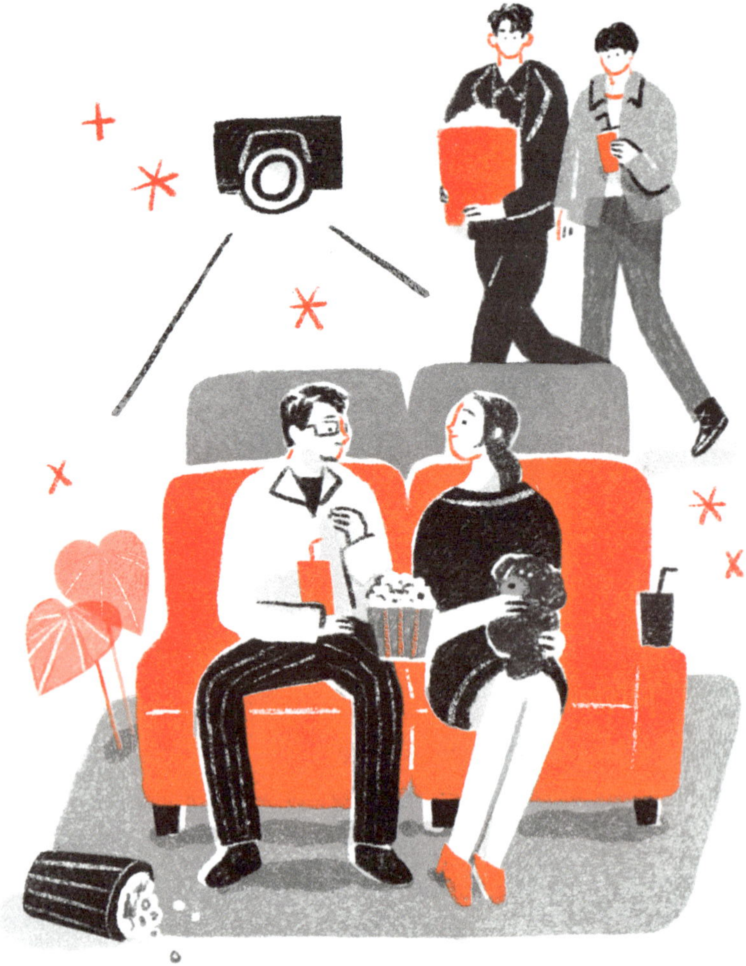

第二场

关于感情——

走进影厅，
遇见爱情

"走进影厅"或许会遇到美好，或许会落下眼泪，
但就与感情一样，不亲身体验一回，
如何感受到那种无可言喻的酸甜？

等爱好难

———————————————————————— Lessons from Movies

幸福不能和爱情画上等号，
不要为了得到幸福，就急着结束单身。
——《征婚启事》

Love doesn't always mean happiness;
never rush into a relationship
just because you want to be happy.
—— *The Personals*, 1998

亲爱的水九、水某：

　　我从来没有恋爱过，曾经努力改变现状，逼自己外向一点、用交友软件，甚至参与许多活动。但每次认识新朋友时，我都很怕告诉对方我没有恋爱经验，甚至年纪越大我越不敢告诉别人，担心对方会觉得我一定有什么问题。即使打开心房和陌生人聊天，最后也还是不了了之。

　　在人来人往的环境中，孤单一人的感觉令人身心疲累。看到别人成双成对，我真的不懂，为什么我就是找不到对象呢？

亲爱的你：

　　你的故事，让我们联想到一部很特别的电影，是由台湾作家陈玉慧记录征婚过程的小说所改编的《征婚启事》。

　　女主角杜家珍是个眼科医师，在历经感情失败之后登报征婚："生无悔、死无惧，不需经济基础，对离异无挫折感，愿先友后婚，非介绍所，无诚勿试。"

在面谈过程中，她像是面试官一样质问着每个来会面的男人："为什么想结婚？你怎么知道我是对的人？"

她用这样的方式来排解郁闷，却也在与几十位相亲对象的互动中，变得更不相信爱情，更不肯放下过去。而这些对象，不管是在爱情中身经百战的，或是从未恋爱过的，他们都将自己当作商品一般地推销。他们把一切的幸福寄托在爱情中，甚至只是在婚姻里。当被质疑时，他们只能不断地自圆其说——只要找到对象，自己就会幸福。

经营一段关系真的非常辛苦，很多时候你看到的幸福伴侣，背后其实有着许多不为人知的苦衷。你相信吗？几乎所有已婚的人，一定会在某些时刻希望自己是单身且自由的（没错，水某就常有这样的时刻……）。但这并不代表婚姻是错误的，只是说明了单身与已婚各有各的幸福之处，而幸福感并非建立在任何前提之上。

现在的你，等爱虽然很彷徨，但却自由无比，不需要耗费心力去应付另一个人的情绪与需求,大部分的时间都属于自己。或许利用这段时间先学会接受自己,并培养自信;当你不再执着于"没谈过恋爱"这件事,自然而然就会有人喜欢上这个变得自在潇洒的你了。

对了,以前好像没有透露过,其实水某的初恋就是水尢,认识当时水某也已经二十六岁了。在那之前还常常参加联谊,也常被问到恋爱经验,自己没想太多,也都很自在地承认没有恋爱经验,当下反而引发了更多话题。所以这也不一定是件坏事喔!

同场加映

《爱情时钟》TiMER, 2012

你或许寂寞,但并不孤单。
这世上还有很多人和你一样,正在等对的人走向他们。
You may be lonely, but you're not alone.
There are many like you who are waiting for the right person to come.

该怎么说出爱？

———————————————————————— Lessons from Movies

最大的幸福，是你发现自己爱上了一个一直默默爱着你的人。
——《天使爱美丽》

The happiest thing is finding that you've fallen in love with someone who has been loving you all along.
—— *Amelie*, 2001

该怎么说出爱？ 43

水九、水某你们好：

我喜欢同年级的一个男生。

我觉得他的行为举止很成熟，也很有才华，跟别人都不一样。虽然平常的我不太会主动找他聊天，但是也跟他出去过几次。

听说之前有人向他告白失败了，让我开始迟疑，不知道该怎么表达自己的感觉。希望你们可以给我一些建议，因为我真的没办法下定决心！

亲爱的你：

我们推荐的电影是《天使爱美丽》。

小女孩艾米莉的童年是在孤单与寂寞中度过的。八岁时被误诊出有心脏病，使得她被剥夺了与同龄伙伴一起玩耍的乐趣，只能任由想象力无拘无束驰骋，借此打发孤独的日子。一直紧闭心门的她，其实很渴望人与人之间的拥抱与关爱。

　　有天因为一时心血来潮，艾米莉帮助了一名眼盲的老人，获得莫大的成就感与感动。从此，艾米莉决定模仿"蒙面侠苏洛"，默默地行侠仗义，为人们带来欢乐与希望。但后来她才发现，其实最大的挑战不是帮助其他人，反而是帮助自己勇敢敞开心门表达爱，以及接受爱。

　　告白这件事的目的，不应该设定为"要对方答应与自己在一起"。因为有着太严厉的期待，导致"表达爱与欣赏"这件事反倒令双方都感受到巨大的压力。可以试着转念去想——若今天告白不预设前提，而是纯粹想要让对方知道她或他有多好。相信不仅告白的人会轻松许多，被表白的人也会感到很窝心，变得更有自信，同时也不会烦恼要怎么响应才不会让对方尴尬了。

　　当然，在一般人的观念尚未完全改变之前，难免还是会想顾及自己的面子。如果是这样，《天使爱美丽》或许可以给你一些告白的灵感。

谁说告白就一定是要当面说出口或是写在纸条上给对方呢？当你的告白前提已经转换成"纯粹想要表达自己的欣赏之意"，那就不一定要在某一个指定场合或时机点去讲这件事呀。或许多制造一些互动的机会，在每次轻松的对话里，赞赏对方的好，让对方感受到你的友善与热情。在愈来愈熟识的情况下，自然不怕没机会说出你的心意。况且就因为愈来愈熟，趁此机会更了解你心仪的对象也是一件好事。

说不定，你也会像艾米莉一样，最后才猛然发现，原来，对方也一直对自己有好感呢！

同场加映

《从好久以前就喜欢你》 *I Want to Let You Know That I Love You*, 2016

不勇敢说出心里的话，就不能怪别人不懂你的感受。
You can't expect others to understand if you don't tell them how you really feel.

我们，渐行渐远了……

———————————————————— Lessons from Movies

两个陌生的人能相爱，很甜；
两个相爱的人变陌生，很苦。
——《时间怪客》

It's sweet to see two strangers become lovers;
it's heartbreaking to see two lovers become strangers.
—— *Time Freak*, 2018

想问水尤、水某：

  我与交往几年的女友变得没有话题，现在相处时，双方都在比谁更沉默，好像是很亲近的陌生人，每天大概就只剩下制式的问候。

  就算会互动，但并不是真的听进去对方所说的话，更不用说能够取得任何共识。我渐渐地发现，就算自己再怎么熟悉这个人的生活习惯、言行举止，但老实说我并不熟悉她的想法。我害怕她不再是我以前认识的那个人，这样还能继续下去吗？

亲爱的你：

  在电影《时间怪客》里，斯蒂尔曼是个热爱物理的宅男，他与初恋女友黛比在亲密交往一年之后宣告分手。斯蒂尔曼被分手后，不断地回想分手当天的对话，他怎么样都无法理解，到底是什么原因让黛比铁了心想要离开自己？

于是，不甘心的斯蒂尔曼日以继夜地发明了一台能够穿越时空的机器，并且画了一张巨细靡遗的交往时间轴，在里面标示出两人相处时，他印象中曾发生过的争执点。他穿越时空回到每个当下一一校正，让自己务必顺从黛比的心意，不惹她生气，然后再看看是否能成功扭转分手的宿命。

在好不容易改动了一连串的事件之后，他才成功留住黛比，两人也因而展开了在一起的新人生，并且让黛比能够做自己喜欢的自由音乐创作。但斯蒂尔曼渐渐发现，不管自己怎么顺着黛比的意，她却总是闷闷不乐，甚至还有一次有感而发地问他，为什么两人交往多年，却从来没吵过架？黛比认为自己就是因为这样而感到不开心。

后来我们才知道，多年前斯蒂尔曼成功留下了黛比之后，他还是习惯用穿越时空来校正所有不愉快的状况，就连烤焦火鸡也要穿越时空来挽救。在不断地积累之下，两人缺乏实质的沟通，且斯蒂尔曼等于变相地操控黛比，让她缺乏犯错、尝试的空间，人生完全按照斯蒂尔曼想要的"一切顺利"方向来安排。

能长久的感情不是不会变，而是会随着你们的改变一起成长。人都会改变的，就算她和以前一模一样，现在的你也不一定会喜欢她，因为你也早已经不是以前的你了。

在感情中，我们所要追求的应该是一个人从一而终的性格本质，但会随着历练而逐渐成熟，并且发展出具有弹性的适应力。或许因为太过熟悉对方原本的样子，以及一成不变的相处模式，而产生了默认立场，在缺少沟通的情况之下，就让双方变得更加冷漠了。

就像斯蒂尔曼一厢情愿地粉饰两人的冲突，使得以礼相待的两人，心的距离更加遥远。实际上磨合的过程才能让两人看清楚这段感情的问题，以及协调出双方都可以接受的方式。也就是说，感情之中的冲突其实是健康且必要的。

我们结婚八年，认识对方超过十二年了。截至今日，参与了彼此三分之一的人生，最精彩、最精华的时光都是与对方共度。在过去十几年，我们一起聚焦在共同目标的同时，也会时不时停下脚步看看彼此。一个累了，另一个就陪着、哄着，拉对方一把；一个走太快，另一个就出声提醒是否走在正轨之上。两人都会意识到这段关系随着我们走到不同阶段而改变，也就不会老是拿往事来埋怨对方，或是订下不合理的期待值。总而言之，两个相爱的人，若能一起成长，才走得长远啊！

同场加映

《丹麦女孩》*The Danish Girl*, 2015

我并没有变，你只是从来就不认识真正的我。
I didn't change; you just didn't know the real me.

害怕抉择

—————————————————————— Lessons from Movies

不管等得再久，
也无法在没有爱的地方找到爱。
——《爱，别，夏威夷》

No matter how long you wait,
you just can't find love where there isn't any.
—— *Love and Goodbye and Hawaii*, 2018

亲爱的水九、水某：

  我和男友分分合合好多次，现在处于一种会联络但不热络的状态。

  我因为他改变了好多，但一直以来的沟通问题，让我们争吵不断。现在保持一点距离，也不知道我们之间算是什么关系。我们僵在那里，若有似无的感情真的很诡异。

  或许之后就顺其自然慢慢淡掉，不然，还能怎么样呢？家人与朋友都以为我们还在一起，每次问我，我也只能支支吾吾地随便应付几句……

  但是，每当想起往日的甜蜜时光，还是会觉得心很痛。该怎么办才好呢？

亲爱的你：

《爱，别，夏威夷》是一部很特别的日本电影。

主角凛子与阿勇两人已经分手许久，但他们发现继续当好友，甚至是室友也还不错。至少再也不会吵架，还能够被最了解自己的人照应着。所以他们就继续同住在一个屋檐下，一起运动、一起吃饭……

两人的朋友与家人们都以怀疑与诧异的眼光看着这段关系，但凛子却总能找到不同的借口，拖延"搬出去"的这项选择。直到有天，她要前往夏威夷参加友人婚礼，意外发现有人喜欢着阿勇，而且两人很有可能在一起，她才赶忙拖着行李搬走。

这对凛子来说，似乎是一个转折点，迫使她不得不去面对现实，以及这个活在拖延病中的自己。同时，这也将她推向另一个从不敢想象的未来，那就是生命至此开始没有阿勇的陪伴了。在电影中，她终于意识到需要着阿勇的自己，就像是一张 CD 需要一台 CD 播放器一样；当阿勇升级成 iPod 时，她这张 CD 已经没有用了。不同步的两人，就像是不兼容的电器，再怎么样都无法继续。

一直以来，个性优柔寡断的凛子，在生活中对许多事都抱着船到桥头自然直的随性态度，总是习惯拖到最后一刻，再来想办法。多年嚷嚷要减肥的她，随心所欲也不忌口。为了去夏威夷参加婚礼并上台表演，才临时抱佛脚开始节食，意兴阑珊地练着草裙舞。如果一开始，阿勇没有要带女朋友回家的话，或许两人还真的就这样继续"当室友"下去，甚至搞不好在家人相逼之下，也就顺其自然地走入礼堂了。

对凛子来说，面对现实很痛苦，不管是减肥，还是分手，对我们来说何尝不是呢？虽说不再爱了很痛，但也因为这样，才会逼迫不同步的两人下定决心去迈向各自的人生旅程。

此后，你不一定就能找到真爱，但至少能肯定的是，再来几次，天也不会塌下来，你也一样能够重新站起，再去爱，并从一次次的伤痛当中，更理解自己的本质与适合自己的爱情。

有时候，时间就像是一把双刃剑，能帮我们解决问题，却也会制造更多问题。而能够掌握这把双刃剑的人，只有我们自己。

同场加映

《婚礼客人》*The Wedding Guest,* 2018

无法从中学到教训的错误，是注定会被重复的。
Mistakes are meant to repeat themselves if the lessons cannot be learned.

三角习题

———————————————————— Lessons from Movies

面对事实,
就是说服你的心去接受
那些你早已经知道的事。
——《谁先爱上他的》

Facing the reality means convincing your heart
to accept the things you already knew.
—— *Dear EX*, 2018

三角习题

嗨，水九、水某：

　　不久前，我喜欢的男孩与他爱恋多年的女友分手了。一开始，他也只是抱着交朋友的心态跟我互动，但这段时间我们愈走愈近，自然而然地就在一起了。我不知道他是出自孤单，还是真的喜欢我才选择和我在一起。

　　老实说，一开始他对我还不错，但在一起后，我感觉到他的热情慢慢减退，而我也愈来愈不安，会不断猜想他和前女友现在的关系，他的心里是否还有她。不过我现在也不知道该给他时间整理上一段感情，还是顺其自然比较好？

亲爱的你：

我们推荐的电影是由《我们与恶的距离》的金钟奖编剧吕莳媛所撰写的作品《谁先爱上他的》。

女主角刘三莲的丈夫宋正远生病过世了。当她在找丈夫遗留下来的保险金时，发现这笔钱居然早已指定要给一个陌生的男人阿杰。

儿子呈希与三莲都很惊讶，也很伤心。随着母子俩愈演愈烈的争吵，我们才发现，原来阿杰是正远的"小三"。三莲无法接受丈夫生前劈腿，死后居然还背叛家庭，将唯一留下的遗产指名送给"小三"，于是歇斯底里地去阿杰的住处与工作场合大闹，试图将这笔保险金要回来。

即使如此，三莲仍不好过，儿子离她愈来愈远，最后居然跑去"小三"的住处待了下来。随着剧情推进，我们才明白，阿杰与正远本就相爱着，是正远在无奈之下选择离开阿杰，走入婚姻。而正远直到生了一场大病，才听从自己的心，选择去找回自己的最爱。原来，先爱上正远的，是阿杰，三莲才是当年的"小三"。

纠缠在感情中的三个人，每个人都有自己的无奈之处，在无法满足自己的期待与安全感之下，只能追求自己能掌控的事，例如对方的实际陪伴、口头承诺，甚至金钱与物质补偿。但这些都无法解决深植在内心中的不平，若其中一人不在人世，对于留下来的人来说，更是难以释怀。

在正远离世后，留下来的人都在混乱之中学习和解与道别，于是我们看到三莲着魔似的追着保险金，因为她将保险金视为正远曾经爱她的证明；儿子呈希则躲进父亲生前驻足的屋子，借由这个地方以及与阿杰的互动，去更理解父亲一些些；而阿杰则是借由在工作上的最后一场表演，来纪念他与正远的感情起点。他们三人用截然不同的方式来面对现实，也在吵吵闹闹的意外之中帮助彼此走出逝去的伤痛。

感情中热情逐渐消退，其实是正常的。若你自觉对男友的前任有这样的心结，男友也尚未走出阴霾，或许给彼此多一些时间，用让他感到舒服的方式一同回顾过往这段感情。时间不一定能帮我们解决问题，却能让它不再那么重要。或许两人也会在对话当中找到各自解脱的灵感。

送走一段感情，有些人需要时间，有些人需要转移注意力，也有些人用尽了气力反抗在眼前的事实。慢慢来吧，给这份感情多一点耐心。

同场加映

《七月与安生》SoulMate, 2016

有时候一个人的一声再见，却带走了另一个人的全世界。
Sometimes a simple goodbye from someone can mean the end of the world for another.

无法走出失恋伤痛

—————————————————————————— Lessons from Movies

"希望"不要等人给你,
更不要让人拿走。
——《失恋 33 天》

Don't wait for others to give you hope,
or let them take it away.
—— *Love is Not Blind*, 2011

水九、水某你们好：

最近我的女友提出分手，但我们不是不爱对方了，是因为她太忙碌，无法分出时间给我。

但我太了解她，知道她并不是变心或不爱了，只是不愿意我浪费时间等她。其实不一定要见面，每天简单的问候就是我最大的幸福。我该怎么让她知道我不在意等多久，只是不想让我们彼此后悔这个决定呢？

亲爱的你：

　　我们想先道歉，你的问题，我们没有答案……

　　爱情是这么的"个人又主观"，我们无法告诉你该走或该留，这是你自己得要做的决定。在所有的爱情关系里，除非你自愿，否则没人能逼你走，因为当你对他仍有情感，就算人不在他的身边，你的心也还是在他身上，那你就等于永远都停留在这段感情中。同样地，也没有人能够强留住任何人，因为当心不在了，就是不在了。就算援引了再多的理由，少了一个人的心，这份爱就无法成立。

　　在电影《失恋33天》里，或许你会从女主角黄小仙身上得到一些灵感。这个率真的女孩，个性有棱有角，还有个爱情长跑七年的男友陪在身边。她从未觉得这段感情有什么不对劲，直到有天她到百货公司跑公差，才撞见了男友与自己的好友出双入对。在晴天霹雳之下，小仙开始了她的疗伤过程。她不断回想自己与前男友之间的往事，两人的相处经过，借由自我反省去理解自己在这段关系中是否做错了任何事，但也在反省过后重新建立自信，用健康开放的心态去面对单身，甚至下一个对象。

你如果还爱着，那就鼓励她也勇敢起来，只要相爱，两人就能一起克服困难。若她不愿意，爱情毕竟不是一个人的事，你可能需要慢慢想通不在一起的可能性。把幸福的主导权握在自己手中，就不需要等待，也不用害怕失去了。

在爱情里，我们永远都有选择权，而拥有选择权的意思，就是积极地做出决定，而非将希望寄托在他人身上。

我们参与过许多人的失恋，当事者几乎都会历经否认、愤怒、讨价还价、忧郁、接受的"哀伤五阶段"。它们不一定会按照顺序出现，有时候复杂的心理状态可能一次经历各种情绪浪潮。即便看到有人故作欢乐，却也可能只是转化了他愤怒的情绪。

其实这些情绪转变都是很健康的抒发方式，也会让自己更加成长坚强。只要有自觉，不让自己沉溺在其中，相信多年后回首这段时间，也能够对那个遍体鳞伤的自己轻声道谢。因为在感情中，不是只有奋战到底才叫作坚强，有时成熟地昂首离开也是。

同场加映

《健忘村》*The Village of No Return,* 2017

很多往事你放不下，是因为回忆里的人你忘不了。
The reason you can't let go of the past is because there are people who you can't forget.

远距离恋爱

———————————————————————— Lessons from Movies

距离,
无法分开两颗真正在乎彼此的心。
——《五尺天涯》

Distance can never separate two hearts
that really care about one another.
—— *Five Feet Apart*, 2019

远距离恋爱

哈啰！水九、水某：

  我和女朋友是在海外认识，当时我们只有几星期的时间相处，没多久我们就决定在一起。

  到了各自回国的日子，本来以为再也没机会见面，但我们决定尝试远距离恋爱。我们说好轮流去各自的国家陪伴对方，一开始都没问题，但后来我们发现这太劳民伤财了，所以我决定搬去她的国家长住。然而过程中要适应的面向太多，在生活上也容易出现摩擦，况且我也很想念自己的家人。

  不过，若要回到以前分隔两地的状态，我真的不知道能不能再承受思念的痛苦，不知道你们有没有什么建议呢？

亲爱的你：

　　说到远距离，这就是我们的专业了！

　　有好几部描述远距离爱恋的电影可以推荐给你。不过，先让我们介绍一部不是真的谈远距离恋爱的电影，但主角们却也承受着比远距离恋爱更痛苦的关系，这部电影是《五尺天涯》。

　　十七岁的斯泰拉和威尔在同一间医院接受治疗。同为囊状纤维化症患者的他们特别感同身受彼此的处境，不知不觉之间深深爱上了对方。但为了控制病情，两人之间必须永远相隔五尺之遥，否则可能会因感染而丧命。

　　这种不能触碰彼此的寂寞让初尝恋爱滋味的他们备感痛苦。其中有一段剧情就是叛逆的两人，决定要握在撞球杆的两端约会，虽然只有五尺，但对他们来说，就算只缩短一点点的距离，都很幸福。

水某跟水尢在认识七天后，就分隔两地，水尢回加拿大，水某留在台湾。来年，水某去英国念书，水尢去美国出差。两年好几地的远距离让我们一度想要放弃。我们对远距离的心得是：对两人的未来要有共同的决心，规划好两人的终极目标是什么，有张蓝图在眼前，即使头几年很辛苦、很迷惘，不过为了眼前的真爱，也是值得的。而在这过程中，别忘记信任与适时的让步是很重要的喔！

另外，我们也推荐《远距离爱情》和《爱疯了》，这两部电影都在描述远距离的酸甜苦辣，有好的结果，也有令人心碎的结局。但不管怎样，看看别人的故事，或许就可以想到属于你们自己的方法了。

同场加映

《远距离爱情》*Going the Distance*, 2010

真爱就算不能待在身边，仍会找到方法永远陪伴。
True love always finds a way to be with you even when it can't stay by your side.

爱情中的替代品

———— Lessons from Movies

离开的人或许不会再回来，
但留下的人还在等待你拥抱。
——《夜以继日》

Those who have left may never come back,
but you can still embrace those who stayed behind.
—— *Asako I & II*, 2018

亲爱的水九、水某：

几年前有个前男友，对我非常不好，我忍受许久之后分手了。

后来有另一位男生一直陪伴在我身边，我也开始动摇。但在此同时，我和前男友还是藕断丝连。

当我想清楚之后，发现自己真的很愧对陪伴在身边的人，即使也一度分开过，但后来我们还是在一起了。

原以为一切都风平浪静了，但没想到，有一天他告诉我，他对以前的事还是有疙瘩，觉得我们两个要是哪天又闹得不愉快，我又会回去找前男友，轻易地放弃他。

我知道他的想法之后，也接受了分手，因为有着深深的罪恶感。我想他若能够幸福，我不跟他在一起也没关系。我相信他曾经是对的人，但我却用了错误的心态去对待他，我是不是没办法再找到下一个能够这样在意我的人了？

亲爱的你：

我们推荐给你的电影是《夜以继日》。

朝子是个表面矜持、内心却会为爱波涛汹涌的女孩。

她因为一场摄影展认识了麦，两人一见钟情，陷入热恋。但随性不羁的麦某天不告而别，伤心的朝子搬到东京，试图重新开始自己的人生，却在客户的办公室里意外撞见长相与麦极度神似的亮平。

个性体贴稳重的亮平，有着与麦极度不同的人格特质。一开始不知所措的朝子与亮平发展出了稳定甜蜜的爱恋。而就在他们准备结婚同居的当下，麦出现了，朝子在冲动之下跟麦私奔。可是当两人驱车到乡下去看海时，朝子才突然想通，连夜赶回亮平的身边。

亮平在愤怒之下，无法接受朝子，甚至告诉她，其实一直以来他都知道自己应该长得很像朝子的前男友，所以也一直很担心她的心意，因此朝子的离开让他更难过。他曾经一度相信已经在准备新居的两人关系十分稳定，却没想到当考验出现时，自己还是一样，只是个替代品。

反过来说，朝子也一直以为自己爱的是麦。直到在车上发现麦与自己的互动还是和以前一样随性，不像时刻贴心的亮平，才发现自己已经铸下了大错。

很多时候，失去只是为了让你明白生命中什么才是最重要的。若你现在已经有这样的体悟，那就先顺其自然。如果两人还是朋友，能互相关心，那就把握这个机会，让他能够重新信任自己。只要彼此还有感情，就有机会，或许只是需要多一点时间去消化了，加油！

同场加映

《比悲伤更悲伤的故事》More than Blue, 2018
任何因替代而生的爱，都注定会是个悲剧。
Love meant to be a replacement is destined to be a tragedy.

期待值的落差

———————————————— Lessons from Movies

在谈爱的时候请先问问自己：
你爱上的是想象中的他，
还是那个真正的他？
——《他妈的完美女友》

Ask yourself this before you talk about love:
are you in love with someone for who they really are,
or just for who you think they are?
—— *A Horrible Woman*, 2018

嗨，水九、水某：

我与女友的感情还蛮好的，但常常发现她对我的许多期待，我都没办法达成。

每当我有一个缺点出现时，她好像比较没有办法接受或包容。我还是很愿意为她改变，但这些事情都慢慢影响着我，不知道在她面前是否能百分百地做自己。难道在感情中，隐藏自己的缺点是应该的吗？还是说该要让对方理解，那些根本不算是缺点，而是我的人格特质呢？

亲爱的你：

我们推荐《他妈的完美女友》。这是部令水某看完立即向水九请求原谅的电影。

拉斯穆斯是个开朗的大男孩，单身独居，自由自在，时常与男性好友们"开趴"、看球赛,直到有一日在派对上通过朋友认识了玛丽。两人火速陷入热恋,拉斯穆斯开心地邀请玛丽搬进自己的住处,不料在两人的同居生活中,出现了许多拉斯穆斯无法接受的摩擦——像是自己的珍藏 CD 被半强迫地卖掉,改放成玛丽的书;家中的人像画被玛丽的抽象画取代;想要吃肉不行,想跟朋友出门也不行。处处受限的拉斯穆斯觉得快喘不过气了,居然还被玛丽嫌弃太过懦弱,被逼急的他终于暴走!

这部电影真的很写实,回想水某与水尢的相处模式,常常有很多预设的期待。当期待与现实有落差时,心里藏不住这些不满,总是会很直接地表达自己的想法,然后认为对方应该要理解并加以配合,甚至还会期待对方应该要在不满的时候直率地表达自己的想法。但殊不知等到对方说真话时,自己又会忍不住批评或感到受伤,让对方愈来愈不敢抒发心情。累积久了,沟通就会出大问题。

在看这部电影之前,水某与水尢的沟(争)通(吵)也时常是咄咄逼人。因为觉得自己有理,所以总期待沟通的结局应该是满足自己的需求。但是从拉斯穆斯的委屈中看到了水九的影子，才渐渐发现到一直自豪的理性自我，其实过于冰冷。以为最客观的时候，通常也难免有盲点。认知到这点时，我们已经经营了七年的感情，之后水某才慢慢调整自己的期待值，并反省每一次对话时的语气。

所以，若这段感情刚开始磨合，会感到压抑或无法做自己，其实是很自然的。忍不住想要提醒你：未来还有更多事要沟通（或说是争吵）呢！

现在的你与其想办法用说理的方式改变她，倒不如先释出善意，做出一点点改变，并提醒她看见你的进步。适时地表达出你的无力与沮丧，她才会意识到自己或许真的逼得太紧了。当你不再一直解释（现在看来解释也没用），而是直接说你还在努力中，请她给你时间，相信她基于对你的爱，不会忍心步步进逼。

同样的互动方式，一定也会出现在别件事情上，甚至是角色对调，这时候的你也可以点出你的想法。其实在关系中是要互相配合的，不能总是单方面要求对方去满足自己的期待。

说穿了，最高指导原则就是公平，而感情中的公平指的是大方向上的公平，而不是每件小事都斤斤计较的算计。这样一来，双方才会有共识，在某些事上多配合一下对方，而在其他事上，对方可以包容一下自己。双方都说清楚底线，就不会长久累积怨怼了。

同场加映

《准备好了没》Ready or Not, 2019

自我的价值是发自内心的；
你若不靠别人给你，就不用怕会被拿走。
Self-worth comes from the inside.
Don't rely on others to give it you and you don't have to worry about it being taken away.

感情中的第二次机会

———————————————— Lessons from Movies

不要等我流泪,你才明白我的悲伤;
不要等我消失,你才想起我的存在。
——《暖暖内含光》

Don't wait until I cry before you understand my sorrow;
don't wait until I vanish before you notice my existence.
—— *Eternal Sunshine of the Spotless Mind*, 2004

水九、水某好：

　　曾在感情上伤害了前女友，后悔不已的我，想要挽回却已经来不及了。她搬离我们的住处，另外找地方住下来。

　　其实我很想挽留她，却不知道要怎么开口。我们当初算是和平分手，现在也还会时常传讯息关心彼此。我知道她仍在难过，而我也是，看得出来彼此都还有感情，只是现在保持着一些距离。

　　我不太会说话，但我们都很爱看电影，可不可以推荐我们一部电影，让我们找到方式重新开始呢？

亲爱的你：

我们推荐的是一部需要认真看两次的电影《暖暖内含光》。

故事叙述害羞内向的乔尔与前卫洒脱的克莱门蒂娜在火车上相识。虽然个性上差异甚大，一种熟悉的感觉还是让他们不由自主地被彼此吸引。原来他们并不是萍水相逢的陌生人，而是一对曾经山盟海誓的旧情人，但都已经遗忘了过去的那段感情。

过去的乔尔和克莱门蒂娜因为性格上的差异使感情出现裂痕。在一次激烈争吵之后，冲动的克莱门蒂娜决定就医，洗去关于乔尔的一切记忆。乔尔在无意间得知此事，他伤心又气愤，决定也前往诊所，将自己对克莱门蒂娜的所有记忆全都删除。

在洗去记忆的过程中，需要拿出两人的纪念品，对着录音机仔细说明过去相处时的每个细节，不管是温存的时光、吵架的回忆，甚至是相识的过程，好让诊所在脑中标记位置，并且在一夕睡梦中一一删除。

乔尔在回顾这段感情时，才发现他不想失去克莱门蒂娜，便想尽办法把回忆中的她藏进自己的意识深处。但终究敌不过科技的威力，他只能无力地看着那些美好的回忆一点一滴地被删除。直到这时，乔尔终于明白，回忆时感受到多少痛，就代表两人相处时曾有多少爱。

同样地，克莱门蒂娜即便成功删除了回忆，她在现实生活中却变得更加空虚，就算交了新男友，却时常不明所以地流泪。她无法理解自己低落的原因，更像是失去了什么一样，到处奔波，无法感到平静。两人都在失去对方的回忆之后，莫名地会想回到当初相识的海滩小屋里，像是有道看不见的引力在拉扯着自己。

这部电影会需要看两次的原因是编导巧妙地将时间序打乱，并将两人的现实与回忆穿插剪接在一起，所以第一次看，也行会觉得有点不明所以，在中途会很想放弃，甚至最后有些慌乱地看完了。但若重新再看一次，就能够将分散四处的片段拼凑成一个美好又真实的爱情故事。

这样的呈现手法就像深陷在一段爱情里。因为身在其中，不停地被日常推进，如果没有适时地回顾，就很容易在遇到挑战时想要放弃；但若能拉开距离，重新回想，就会发现自己一路上已经忽视了许多美好，却只看见对方不好的地方。

在电影最后，两人都收到了诊所员工为了赎罪而寄回的录音带，播放着对彼此的不满言论。原本想登门道歉的克莱门蒂娜，在录音带里听到乔尔以前所说的尖锐话语，伤心地转身离开。乔尔不知道能说什么，只是着急地想要挽回。

克莱门蒂娜说："我一点都不完美。就算现在的你爱我的一切，但以后你还是会找到理由想要分开，而且我也会对你感到厌烦，感到被你困住，就像以前的我那样。"

乔尔听完后只带着无奈的微笑说："好吧！"

这时，害怕受伤却还是深爱对方的克莱门蒂娜跟着破涕为笑说："好吧？好！"两人于是借着自己的勇气，赢来了珍贵的第二次机会。

如果不想要分开,那就努力走到一起;如果不想再失去,那就尽全力去珍惜吧。"放弃"一段关系很简单,要"放下"却很难,学会跨越眼前的困顿,进而愿意包容、接纳生命中的缺陷与不完美,才是最终的课题。而愿意承担未来的挑战,也就是为什么承诺与爱是同样的重要吧!

同场加映

《初吻 50 次》*50 First Kisses*, 2018

有些事你只是想不起,但其实你从来没忘记。
Some things you never forget;
you just can't remember them sometimes.

难以启齿的性事问题

———————————————— Lessons from Movies

激情能让一段感情开始,
但唯有爱与尊重才能让它长久。
——《爱的那点性事》

Passion can start a relationship,
but only love and respect can make it last.
—— *The Little Death*, 2015

亲爱的水九、水某：

　　我因为信仰的关系，无法接受婚前性行为。但我遇到了一个很喜欢的对象，他认为这是男女朋友一定会发生的事情。为了这件事，我们讨论非常久，结论还是不适合在一起，毕竟双方都有自己的坚持。

　　分开了许久，还是会回想到以前在一起的时光。有时候，我都会自我怀疑自己当时的坚持到底是不是对的。

亲爱的你：

　　我们推荐的是乔希·劳森自编自导自演的《爱的那点性事》。

　　这是一部故事与角色描写都十分绝妙的电影，借由五对男女的互动与性事，来阐述两性间的私密关系。有享受与陌生男女调情的电爱控，只对失去意识的妻子有感觉的沉睡控，享受在爱爱时老公哭哭的眼泪控，还有希望另一半对自己来硬的被虐控，而我们想要分享的是一对性生活疲乏的老夫老妻，却成为对角色扮演上瘾的角色控！

听完这段简介请不要害怕，这绝对不是一部咸湿下流的限制级电影。就让我们来举个例子吧。

埃薇与丹是一对感情不错的老夫妻，在生活中唯一的困扰就是对彼此失去了激情，于是在咨询师的建议之下，他们开始尝试角色扮演。几次实验之后，夫妻间果真感受到重燃的热情，感情似乎变得更加紧密。但到了后来，埃薇却发现丹愈来愈延迟上床的时间，反而对于演戏极度上瘾，除了将道具与服装准备得愈来愈精致澎湃之外，甚至还会纠正她的演技。丹似乎过于投入在角色当中，把两人的性事放到了一边。

画错重点的丹在埃薇的愤怒之下才发现自己的问题——无法接受平庸的自我，自觉一事无成、没有自信，想要借由扮演别人来完整自己心理上的残缺。但他过去从未意识到这点，更遑论与亲密的另一半分享。这道人生课题，才是两人一开始在性事上面触礁的原因。

而"婚前到底要不要守贞"这件事，其实没有正确答案。或许你可以想一想：到底信仰会这样要求的原因是什么？这背后的论点或价值观是你也支持的吗？若是，那就请坚持下去，并且阐述清楚，让对方理解，因为这是你个人的信念与原则。他若爱你，就要尊重你，不应该"只因为这件事"就要分手。

但若你并未理解这个规范的动机与逻辑是什么，那也就不能怪对方无法接受了。因为，若你对于宗教的规范都是如此遵行、无法变通，这样也会让对方担心，是否未来还会出现其他让他无法理解的教条。

以前曾经听过一个说法：性是上帝给的珍贵礼物，是与爱和承诺共存的，所以得要留给未来他帮你准备的那个人。这个说法很美，但我们对于这句话的解读重点在于，你准备给予的对象是否已经给你爱和承诺，而爱和承诺是否等于婚姻，这个就要交由你来定义了。

这也呼应了电影中的提醒,重要的是眼前的这个人,彼此之间有爱也有尊重。当两人有着长远的共识时,这时候,性就是爱的表现方式之一,是自然而然会发生的。但爱的表现方式绝不仅止于性,且很多时候,问题的根源其实不是在性,而是在于心。所以性要发生在什么时候,就得根据两人的感情基础来拿捏了。

同场加映

《恋爱的味道》Love Clinic, 2015

在自己的问题里,没有人看得清答案。
It's hard for anyone to see the answers clearly in their own problems.

感情中的对与错

—————————————————— Lessons from Movies

人生有三件事是无法收回的：
浪费的时间、错过的机会、说出口的话。
——《一次别离》

Three things in life you cannot take back:
opportunities, time, and the words you said.
—— *A Separation*, 2012

水某，借问一下：

我们虽然感情不错，但吵架好像也是家常便饭。我知道我是情绪很满的人，心情常常就像坐云霄飞车一样，一下很"嗨"，一下很"荡"。可是我认为，每次跟你吵架都不完全是我的错！你也知道我最不喜欢被冤枉，所以如果被你误会，我就会忍不住想要发作。如果发现你死不认错，就会更生气，觉得为什么明明就是你错了，却还是不肯承认，或是东拉西扯地想要让自己看起来没有错！

好啦，其实我不是要抱怨。我只是很好奇，帮这么多人解过忧的你，对于伴侣之间无法沟通的时候，有什么建议吗？

嗨，水九：

虽然我觉得你只是想趁机抱怨，但我还是想推荐你看《一次别离》。这部电影有着近年来数一数二精妙的剧本，还代表伊朗勇夺了 2012 年的奥斯卡最佳外语片奖。故事聚焦在两对夫妻彼此之间的沟通，也可以看到在婚姻之外，人与人的互动当中，很多时候没有"对错"，只有"心态"的问题。

西明与纳迪尔共度了十四年结发夫妻的日子，但两人却吵进法院，想要申请离婚。原来是因为夫妻俩申请到了移民签证，但丈夫纳迪尔却因为不舍罹患阿兹海默症的老父亲而拒绝移民。两人无法立即离婚，也无法沟通，西明只好搬回娘家住。

平常都是依赖西明照顾老父、打理家务的纳迪尔，只好找了一个怀有身孕的帮佣罗芝带着小女儿来家里帮忙。某日纳迪尔回家，才发现罗芝母女不在，父亲却已经摔在地上奄奄一息。当罗芝回来，两人发生激烈争执，罗芝隔日流产，两个家庭闹上法庭，也揭发了一连串不为人知的秘密。

剧本实在太精彩，我在这边就不透露太多了。不过我看完这部电影之后再次确认了一件事——所有争执的发生，一成是因为意见不同，九成是因为语气不对，而夫妻之间更不应该只看对错，而还要看体不体贴。

在这部电影中，观众可以从不同人的角度去感受到每个人都有自己的无可奈何之处。当他们犯错之后，也都用了自己的方式去弥补错误，只是因为自己从前所种下的错根，而让局势变得难以挽回，最终造成了犹如囚徒困境的局面，让自己与他人动弹不得。这样不仅浪费了大量的时间、金钱，甚至消耗了原有的情分与信任，就只因为自己一时的执念，真的非常划不来。

不过，多亏了你的提醒，否则我以前的确没有意识到，自己会在受到别人指责时的第一时间快速否认，而不管自己有没有错，或是错的比例有多少。我担心会像纳德一样，有着难以动摇的自傲，最终使自己走向绝路。

还记得以前我们曾经写过一句话：承认错误，不是认输；放下骄傲，才能成长。而且就算吵架吵输了，又如何？至少自己能赢回更珍贵的对方，才不会后悔自己得不偿失。

今年的我，应该谦卑多了吧？毕竟现在每次你叫我认错，我都毫不犹豫地说对不起，还可以多送你几个，然后立马条列出你的错误，是不是很公平？

同场加映

《游客》*Turist*, 2014

人就是这么矛盾，明明很想挽回，却总是把它愈推愈远。
One dilemma people constantly face is that the more they want something back, the further they seem to push it away.

> 水某也想问

如何找到真爱？

———————————————————— Lessons from Movies

不确定就不要牵手，
牵了手就不要放手。
——《每天回家都会看到老婆在装死》

Do not commit if you're not sure;
never back out if you are.
—— *When I Get Home, My Wife Always Pretends to be Dead*, 2018

嗨，水九：

我们在演讲，或是回答读者来信时，最常被问到的一个问题就是："我们怎么确认对方就是真爱？"

其实回首过去，我并没有哪一刻突然觉得嫁给这个人就对了，而是在每天的相处中，不管是好是坏，一点一滴累积了对你的信任感，慢慢地就变得愈来愈期待与你度过余生的每一天。似乎只要双方认真经营，这段感情就是真爱！

这个回答或许有点简化，但我一直都相信真爱不是用找的，而是打造出来的。因为"寻找"真爱，太过交由命运与时间去决定，但"打造"却可以将主导权留在自己身上，不知道你怎么想呢？

水某：

我跟你说，这个问题真的是大哉问。老实说我也不确定我的答案是不是对的，毕竟我们才认识十四年，结婚八年，离所谓的"一辈子"还有好久。不过从我每天都感觉很幸福这点来看,或许可以透过这部名字很特别的电影,分享我的一些看法!

《每天回家都会看到老婆在装死》,如果光听片名,你或许会以为这是什么恶趣味的烂片。但事实上,这却是改编自日本的真实事件。电影中的男主角曾经有过一段失败的婚姻,因此和再婚的年轻妻子约定,结婚满三年后要确认一下彼此的感觉,确定是否要继续走下去。

而就在结婚三周年前夕,妻子开始做出"每天都用一种不同的方式装死"的怪异举动。最初丈夫觉得妻子只是为了好玩,除了赞叹道具的制作精美以及情境的设计,有时还会配合演出。但久而久之,丈夫开始感到不耐烦,怀疑妻子是不是只想获得自己的关注,或是想用这个举动来表达一些想法。但不管怎么询问,妻子就是不肯说出原因。

随着剧情发展,我们才发现妻子的母亲很早就过世了,童年时为了安慰自己悲伤的爸爸,妻子开始每天跟爸爸玩捉迷藏。这个举动看似调皮,却是妻子试图转移爸爸的注意力,用没有压力的方式让爸爸知道自己的爱。

当男女主角结婚以后,妻子也用了同样的方法,并不正面地回答"两人是不是还要继续走下去",而是选择了这个看似胡闹却体贴温柔的方法告诉丈夫自己的爱。她并不指望老公每天送花，甚至也不是要对她说"我爱你"，而是用自己喜欢的方式响应彼此的爱就够了。

我还记得跟你一起到巴黎度蜜月那年，我们到了卢浮宫参观。虽然久仰卢浮宫大名，也一直很想去看看，但是看到眼前一堆看不懂的画、没听过的艺术家，就觉得很没意思，还一直催促你快点看完好去找东西吃。想也知道马上被你骂了一顿，说要是想走就自己走，你还想要好好逛呢！

因为怕你生气，我只好摸摸鼻子坐在旁边等你，可是当我看到你很用心地听着导览，仔细地看着一件件艺术品，我突然被你认真的表情吸引，而且开始好奇，到底是什么展品有这么大的魔力，竟然能让你放弃跟我去找好吃的东西。于是我也跑去服务处租了一台导览机，随着你的脚步去认识这些艺术品，才赫然发现，它们背后都有非常引人入胜的故事。从那一次开始，我就和你一样爱上了逛博物馆，甚至有几次你不想逛，还被我硬拉去呢！

当我看这部电影的时候，其实感触很深。因为男主角一开始就是陷入和我当时一样的情况，没有好好地去留意另一半的行为。妻子的装死虽然很戏剧化，但如果仔细去想背后的原因，却会发现那都是爱的表现。老婆如果很爱逛博物馆，那为什么不试着去好好了解一下博物馆呢？

很多伴侣或许是因为相处久了，眼前所见的事情都变得理所当然，也习惯了从自己的角度去出发。每当另一半做出不符合自己预期的事的时候，就会先入为主地认为是对方的问题。

像电影里的丈夫在结婚之前就预设了立场，要在三年之后确认彼此的感情。其实设下了这个期限，不就等于是在提醒彼此，此刻就算不努力维持感情也没关系吗？我觉得真爱就像我们帮这部电影所写的批注——如果你不是很确定，那就不要许下承诺；但如果许下了承诺，就不要再去想别的可能，而是专心地经营这段感情吧！

同场加映

《特工争风》*This Means War*, 2012

一个值得你爱的人，不只懂得欣赏你的好，还会让你变得更好。
A worthy lover thinks you are already the best,
but can still manage to make you better.

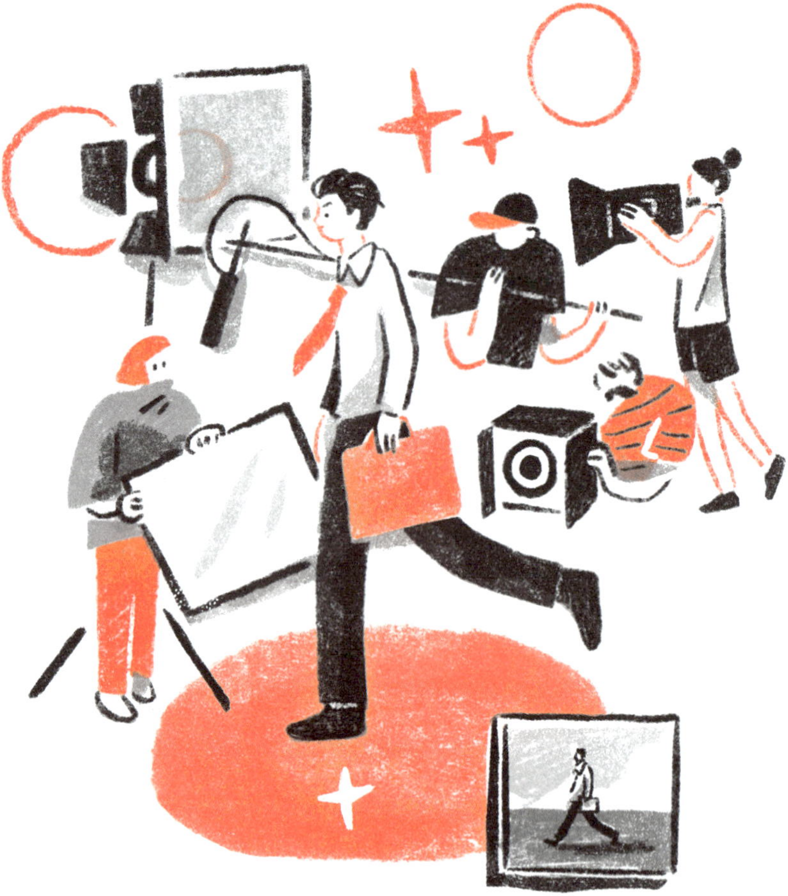

第三场

关于工作——

看见幕前,
想想幕后

面临工作的迷惘,就好比是电影的"幕前幕后",人前风光的成就,很有可能是背后多年的琢磨。

害怕犯错的心理

———————————————————— Lessons from Movies

会犯错的人才能成长；
会害怕的人才有勇气。
——《蜘蛛侠：英雄远征》

Only those who make mistakes will grow;
only those who are scared can be brave.
—— *Spider-Man: Far from Home*, 2019

哈啰！水九、水某：

　　我刚应征进入新公司，还在试用期阶段，但已经觉得压力大到失眠。自己的能力与经验似乎都不够，向前辈讨教时，虽然对方没有抱怨，但久了也还是会有点不耐烦，导致我每次都在挣扎到底要不要问，但问了又怕对方不高兴。就算以前有社团经验，还是觉得跟上班很不一样，至少出包的时候影响是很大的。

　　最近雪上加霜的是，主管指派我来主导一个新任务，还要跨部门沟通。但不知道是因为新人的关系，还是自己真的搞不清楚状况，问了某个人，就被踢皮球到下个人，绕了一圈之后什么进度都没有，让我很难向主管交代。最后是部门前辈跳出来帮我处理，而我也只能在旁边观察。

　　每天坐在自己的位子上，感觉好无能为力，有时候会忍不住想：是不是以后我还是做辅助与执行的角色就好，或许自己根本没办法独当一面吧！

亲爱的你：

我们想推荐给你的电影是《蜘蛛侠：英雄远征》，或许你能够从蜘蛛侠彼得·帕克身上找到一些灵感。

这部电影的故事发生在《复仇者联盟4：终局之战》之后八个月，时间是2023年。经历了第二次弹指而复活的彼得·帕克虽然能和他的好友与同学们重聚，却得要接受世界上不再有钢铁侠、美国队长、黑寡妇等前辈英雄们的事实。

而正当他试图摆脱阴霾、继续他的高中生涯的时候，却在校外旅行时遇见了全新的威胁——一个巨型的水元素。此时前来解围的，是一个自称来自平行宇宙，被称作"神秘客"的谜样男子。在神秘客与前神盾局局长尼克·弗瑞的请求之下，彼得开始挣扎：是不是该将钢铁侠传承给他的人工智能眼镜交给神秘客,让他来拯救世界;还是要挺身而出,接下钢铁侠的棒子呢?

其实彼得不是不愿意扛起这个重担,只是还不够有信心,总觉得自己只是个"你的好邻居蜘蛛侠",永远都无法成为下一个钢铁侠。而且年轻的他自觉思虑不周,容易犯错;一旦出错,都是人命关天的事,而他畏惧这样的责任。

于是当稳重又正直的神秘客出现时,彼得立即将眼镜转赠给他,却又在发现神秘客利用钢铁侠以前的发明来假扮英雄之后,除了挺身弥补自己的错误,更被迫再次面对"想要逃避的自我"。没有人能够永远帮谁承担,是时候要靠自己了。

其实钢铁侠托尼透过眼镜转交给彼得的并不是表面上的责任而已,还有对他的完全信任。就如同托尼的助手哈皮后来说的:"托尼怀疑过很多事,包括他自己。唯一没有怀疑过的,就是挑选了你。"所以,托尼的传承,不是只有他的勇气或是高科技,还包含了他义无反顾的责任心与自我反省的能力。托尼知道自己有许多缺陷与争议,因此他不要彼得成为下一个钢铁侠,而是要成为走出自己的路的蜘蛛侠,就如同托尼当年也在跌跌撞撞之中为自己找到钢铁侠的价值与责任。

水某在前公司担任营销部门主管时，非常依赖当时的台湾市场总经理，也是水某的恩师。他的细心教导与全然信任，让水某得以有充分的舞台发挥，两人也培养出了师徒一般的默契。但后来这位总经理意外被调职离开，公司迎来另一名新老板，有好一阵子混乱不已，水某得要独当一面地处理许多不熟悉的事物。

自我怀疑是非常正常的。当有一天得要自己做决策并扛起成败，真的会很惶恐，况且还在紧急的状况下，多肩负了原先不属于自己的职责。那时候，水某几乎在每一个能与前老板见到面的场合，就急忙地缠着他问东问西，并将以往学习过的实际运用在日常的工作当中。把大的目标切割成为每周的小任务，就像闯关游戏一样，就算叩关失败，也累积了经验值与接受失败的平常心。借由每次的成果检讨，来推演下次的策略，也适时地协同跨部门同事与区域总部的资源，纳入更多面向的观点，降低个人决策的风险。

这段时间的水某，不仅与同事们培养出革命情感，增加了在总公司的能见度，更获得前老板与高层主管的赞赏，自己也在错误中蜕变成一个更成熟、稳重的专业人士。

失败的时候要改变的应该是做法，而不是目标。不能因为几次出错，就认定这是必然的结果。你的主管、部门前辈，谁不是这样磨炼过来的呢？若总是顺遂、从未失败过，那才应该担心自己的受挫力。若没有面对失败的心理素质，未来一旦出错，或许会摔得比谁都重。毕竟，真正迈向成功的旅程，总是在失败以后才开始啊。

同场加映

《明日边缘》 Edge of Tomorrow, 2014

错误是拿来学习的，不是拿来重复的。
Mistakes are meant for you to learn from, not to repeat.

得不到的成就

———————————————————————— Lessons from Movies

别人的成功你没有任何功劳，
自己的失败也不是别人的错。
——《何者》

You don't get credit for others' success
just as you are not to blame for others' failure.
—— *Somebody*, 2016

水九、水某你们好：

　　我正在找人生第一份工作，未来的计划是先存一些钱，同时考虑是否要出国进修，再回来实现自己创业的梦想。

　　已经面试了好多间公司，不是不满意各方条件，要不就是被婉拒，我甚至也一度思考是否干脆改考公务员，或是去做别人介绍的工作。

　　每当看到从前同学在社群平台上的近况更新，就会有一种觉得自己也没有比别人差，但为何特别不顺遂的感觉。索性都不跟大家联系，自己也比较不会胡思乱想……

亲爱的你：

　　我们推荐一部探讨人性的日本电影《何者》。

　　男主角拓人与四位邻居好友同样都是应届大学毕业生，准备进入职场。五个人时常聚在一起分享求职秘诀与信息。表面上大家客气友好，私底下却是暗潮汹涌，互看彼此不顺眼。

　　但即便教导其他同学怎么准备笔试与面试，看似得心应手的拓人，却逐渐落后同期。原来，他打从心底无法忘怀演舞台剧的梦想，于是不断地分心追忆以往，暗自在社群平台上追踪以前的社团伙伴，但看着对方辛苦坚持剧团的运作，又忍不住对他的努力与白费力气感到嗤之以鼻。同时看到另一位曾说大话不屑求职的朋友，最终仍在现实的压力下和一般人一样到处应征时，他也瞧不起这位与现实妥协的朋友。

　　然而他却不知道，既不全力以赴又不能接受妥协的他，其实在朋友眼中才是那个不知道自己在干吗，始终没有下定决心的人。

找工作很难，尤其是第一份工作。撞壁几次后，不断地自我怀疑是很正常的，但我们要学习的就是给自己清楚的目标与原则。当你决定要走一条路，为自己设定个停损点后，就该全力以赴走下去。若走没几步就回头迟疑、裹足不前的话，这么一来，每条小径都无法走成一条康庄大道。

我们在想，就算你的准备工作都做得差不多了，面试过几次，也已经很熟悉各种话术，但会不会你的三心二意其实一下子就被识破了呢？可能对于眼前要应征的工作仍抱持着过渡时期的心态，所以在与主管互动时，展现不出"非你不可"的气势；若主管再多加询问，或许就会发现你并没有决心在这份工作上，自然也会抱着可有可无的态度来评估你了。

还在职场的那十几年，水某的敬业态度以及充分准备，往往让水某在各个阶段的工作无往不利，也提前完成了在人生清单上想要成为营销经理的目标。但偷偷说个秘密：离职后的水某曾经被人才中介公司找去面试，以便留意日后的工作机会。那时抱着聊聊的心态，没想到面试到一半，面试官居然睡着了！

水某当下十分震惊，相较以前备受青睐，现在却令人无聊到打瞌睡。后来才认知到，自己的心态早已和从前在产业里大不相同，表现的言谈与肢体都是比较随性的样子，对方自然也跟着放松了。自己没有全力以赴，当然怪不了别人直接睡着。

话说回来，要对一份自己没有兴趣、只想赚钱的工作展现出热情与决心的确很难，但就算这只是个不得已要追求的工作，也可以试着说服自己聚焦在这份工作的好处，给自己设下阶段性的任务，也不会浪费这段时间的磨炼。毕竟每一段经验，日后都可能会在你意想不到的地方派上用场呢！

同场加映

《俗女养成记》*The Making of an Ordinary Woman*, 2019

很多时候我们不是不能重新来过，而是不敢。
We all want to start over at some point; what we lack is never the opportunity, but the courage to do so.

办公室政治

———————————————— Lessons from Movies

人生是一条钢索，想要生存，
就得在利用和被利用之间找到平衡。
——《宠儿》

Life is a walk on a tightrope;
the only way to survive is by finding a balance
between using others, and being used by them.
—— *The Favourite*, 2018

水九、水某你们好：

公司内部竞争激烈，常有部门与部门之间互相尔虞我诈。原本远离权力中心的我，莫名其妙被卷进一桩争议案子当中。当初明明就是按照主管交办的去做，但最后黑锅却要我来扛。我真是既生气又委屈！

更衰的是，在同事间抱怨这件事，居然传到人资部门耳里，被找去谈话，也不过就敷衍了几句，说是给我加油打气，但其实还不是要我吞下，不要到处八卦。

真的很想一走了之，但每次和同学朋友们聊天，才发现大家几乎都曾遇过这种鸟事，忍不住好奇：是不是到哪里工作都会有办公室政治呢？

亲爱的你：

　　我们推荐的是一部获得 2019 年奥斯卡奖多项提名的电影《宠儿》。

　　在十八世纪初的英国，执政的安妮女王身处在与法国交战、民生经济困顿的关键时期。而本就健康堪忧的她，又在连续产子十七胎，却没有任何孩子顺利长大之后，变得更加抑郁古怪。安妮女王身边唯一信任的好友只有公爵夫人萨拉，这位从小到大的闺蜜此时更乘虚而入，掌握了执政大权。

　　在当时的时空背景下，萨拉备受宠爱，与被重用的将军丈夫在宫中呼风唤雨。但直到萨拉的表妹阿比盖尔来到宫中帮忙，两人就此展开了不输《延禧攻略》的精彩宫斗戏码。

阿比盖尔是个落魄的贵族。因为父亲赌博，小小年纪就历经沧桑的她，了解"活下去"是自己生活的唯一目标。她看到萨拉是宫中红人，便借着远房亲戚之名进到宫中，从最低下的侍女开始做起。

萨拉处于政治核心，丈夫又身兼要职，虽然表面上风光无限，但还是会为自己的家族势力感到担忧。面临立场相左的党派质疑，每日还要应付情绪失控的女王，疲于奔命的萨拉得要机关算尽，才能稳坐最受宠的地位。

我们觉得在复杂的工作环境中，安稳度日可以说是一种奢求。因为面临人事斗争与职场上的角力，身在其中就像是权力中心者的一兵一卒，随时会被推上战场，很难让自己置身事外（除非你有强大的靠山或是独占某专业领域）。所以时刻留意公司内部的局势变化，灵活改变自己的应对策略，是非常重要的。

第一，就是让自己不可取代。阿比盖尔刚进宫廷，被一票侍女们欺负。后来她仔细观察环境与女王的需求，主动采集草药为女王舒缓痛风之苦。种种机灵的表现让萨拉将她升职，也就多了在女王面前的曝光度，再趁机邀功，好突显自己的价值。

再来，就是要换位思考。即便只是兵，可能都还得回头看看帅仕相在打什么算盘，才不会让自己莫名成为炮灰。当然，从自己的狭隘观点很难准确地揣测上意，所以在工作以外的时间，多留心公司的政策发布、人员调动，甚至在开会时也关心一下自己职务以外的事项。从更大的格局去理解整间公司的运作，以及自己在其中的角色为何，这样就能推演众人的动机与动向。

也要在平时就累积战友，必要时得评估是否需要选边站。这当然要视情况而定，当被标签为某方的人马，自己也要承担一定的风险。所以在累积人脉、合纵连横之时，必须谨慎小心。像是与萨拉敌对的政党议员一开始来找阿比盖尔当间谍时，聪明的阿比盖尔拒绝了，因为她有能力做自己的主，不需要沦为别人的棋子。

最后，当然要为自己留后路。能够在公司呼风唤雨多年的前辈们，必然有他们的老谋深算之处。而为了自保，你在规划任何行动时，还是要准备退场机制，不管是话术、职务更动，甚至离开。阿比盖尔深知自己随时可能失宠，得要确保自己的名声与地位，所以她乘势让女王为自己安排婚姻，成为男爵夫人。

  虽然《宠儿》里面的部分计谋可以作为参考，但整体来说，电影里的主人翁们就像是有些人在公司里的政治算计，一开始的出发点是为了保护自己或追求利益，但沿途上却因起了贪念而攻城略地。我们觉得，追求自己的好处不算自私，牺牲别人的好处才是，最后就算赢得了全世界，也不会停止担心。如同后来成功取代莎拉地位的阿比盖尔，即使在宫中纸醉金迷，但有任何风吹草动，她还是如惊弓之鸟一般，而露出马脚的她在女王眼中也还是一样的低下卑微。她再怎么用心计较，最终也只是在别人的屋檐下为他人所用而已。

  有人与利益的地方，就会有政治斗争。我们不主动求战，但也要不惧战，并且要认清事实：公司不是慈善事业，不能一厢情愿地投射私人情感，认为谁欠了自己什么。我们能掌握的就是提高自己的价值，就算被利用，也要以我们愿意的方式去被利用；而利用他人，也要有一定的道德标准。自己心安，也就不怕被人反噬了。

同场加映

《实习大叔》*The Internship*, 2013

别人说你不行，最多是一点打击；
你说自己不行，那才是真的放弃。
It's only a setback when others deny you, but you don't stand a chance if you deny yourself.

格格不入的职场

——————————— Lessons from Movies

就算世界逼着我们扮演一个不是自己的人，还是不要放弃成为理想中的自己。

——《未生》

Never stop trying to be the best of yourself even when the world is forcing you otherwise...
—— *Misaeng*, 2014

水九、水某你们好：

  理想与现实是不是总会有落差？我进入向往的公司后，才发现其中的做事方法简直是旁门左道。因为才刚来，不知道过往脉络，所以也还在观察中。然而从同事私底下八卦的内容里，发现几个主管都已经对此习以为常了。虽然没有立即的危险，或是明显的触犯法律，但我就是觉得哪里怪怪的。

  我打算先低调观望一阵子再说，但也想问一下，如果因为这个而离开公司，会不会太大惊小怪？

亲爱的你：

  我们推荐 2014 年由网络漫画改编的口碑韩剧《未生》。主角张克莱从小就是个出色的围棋高手，在他准备受训成为职业选手前却遭逢家庭变故，让他得要到处打工赚钱。后来靠着关系，他进到一间大型国际贸易公司当实习生。但没有亮眼学历、外语能力,更不懂得应对进退的他被认为是"空降部队",不仅受到主管吴次长的刁难,也被各部门同期的实习生瞧不起。而这出剧就是聚焦在他和其他同期同事在公司里受尽磨炼,学习生存的过程。不仅写实地道出职场里的暗黑血泪,也深藏许多人性的温暖光辉。

"未生"指的是在围棋中死局里的最后一步棋。张克莱因为没有其他人生历练,只能以围棋来理解职场——"在职场里,我们都是未生,只有坚持下去,才能走出自己的路,成为完生",而"完生"就是棋局中幸存的最后一颗棋。在职场冲锋陷阵的过程中,他为了证明自己,不让母亲担忧,以坚持与努力来面对日常中的逆流,希望能成为职场中的完生。

过程中,他一直以为能力与出身是导致自己在职场上吃尽苦头的原因,但其实同级的实习生们就算出自名校、表现亮眼,也都在职场上尝尽冷暖。透过剧情刻画也让我们看见,即便是身经历练的主管们都像在刀口上过日子般战战兢兢,必要时还得在道德底线上妥协让步,才得以保护团队。

在张克莱的努力之下,大家都对他的成绩有目共睹,包含一开始对他充满敌意的直属主管吴次长。大家都认为立了多次战功的张克莱应该被升为正职，吴次长也多次力荐他，但公司总有许多借口，甚至利用这点来要挟吴次长接下一个摆明就有问题的案子，也埋下了后续无法逆转的结果。

在职场上难免会遇到理念不合的状况，该怎么应对，其实真的没有标准答案。而这也是为什么有许多人在职场打滚多年后，原本的初衷与热情早已消失无踪，因为被磨损多了，久而久之也习惯了，甚至也累了，不想管了。

水某在过往的一份工作里，曾经度过两年充实又美好的日子。那时候，业绩不是公司最重要的年度指标，消费者对品牌的爱好程度与品牌的形象资产才是最高指导原则。当时一肩担起整个市场的营运策略，即便目标不在业绩，却让市场成果在区域总部中名列前茅。但后来可能因为总部急遽扩张，大举带进许多来自其他产业的人力资源（其实水某算是第一批），逐渐稀释掉原有的企业文化。虽然在运作上变得更有效率了，但却强加了许多不符合品牌特性的营销策略。

而到职的第三年起，公司文化变得唯业绩是问，中央控管更加严格，人事倾轧白热化。一开始，水某就像张克莱与吴次长一样，试图在这样的逆流当中调整脚步。即便自己还是受到公司重用，但内心着实不相信这样的改变是对的。在过程中也试图用各种方式来重新适应与应对，但眼见自己的妥协换来的是对品牌的伤害，也无法力挽狂澜时，最终决定离开。

建议你可以从旁了解所遇到的是一次性的事件，还是这间公司一向都是用这样的态度做事。最根本的是，要从保护自己的角度出发，再来评估是否有机会慢慢改变。像是张克莱的部门，其实曾有好几次都成功影响其他部门的做事心态，不再遇事就推卸，也逐渐带起了一股新的风气。但若是公司领导阶层与人事部门都积习难改，那建议你也不必赔下自己的青春，和他们耗时间了。

同场加映

《我不是药神》Dying to Survive, 2018

只有做出不曾做过的改变，才能得到不曾拥有的一切。
If you want to own the things you've never had, you need to make the changes you've never done.

不知为何而战

———————————————— Lessons from Movies

很多事情不是看到希望才去坚持，
而是坚持了才看得到希望。
——《与我为邻》

A lot of times you don't choose to hold on
because there is hope;
you held on, and so there is hope.
—— *Won't You Be My Neighbor？*, 2018

哈啰，水九、水某：

我以前算是个北漂青年，但看着父母渐渐年长，自己的工作也面临瓶颈，家里是务农的，这两年干脆回家帮忙。

或许是自己不太熟悉贩卖与通路，就算家里的农作都是用心栽培出来的，没有什么农药，也相当天然美味，但交易量就差不多是如此。若遇到天灾，最倒霉的就是农家，一年的心血都白费了。其实也不是一定要做这一行，只是对父母来说这是最熟悉的工作，自己也觉得应该多少可以帮得上忙。

最近，我在观望是否该尝试网络销售，但想到这也是浩大工程。有时还会想说自己坚持的某些原则，是不是没有必要。心情低落的时候，甚至会想着干脆收一收，回去职场赚还比较快……

亲爱的你：

我们想要推荐一部纪录片，片长九十五分钟，水某就哭了九十分钟。这是叙述美国儿童节目之父，主持人弗雷德·罗杰斯人生故事的《与我为邻》。

在纪录片中，当节目制作人受访时被问到风靡全美的《罗杰斯先生的邻居们》到底是怎样的一个电视节目，他回答："如果把构成一个畅销节目的要素全部列出来，然后采取完全相反的做法，就成就了这出节目！"

《罗杰斯先生的邻居们》用低廉的制作费做出简单的布景，还由一点明星味都没有的主持人来说故事、唱歌、玩玩偶……听起来这么可悲的内容，却出现在数十万个家庭的电视里，让各地的孩子们每天引颈期盼着，简直是个奇迹故事！

我们就这样被吸引去看了这部片。而这么感人又暖心的故事，也已经被改编为传记电影，由汤姆·汉克斯主演，重现当年的点点滴滴。

在 20 世纪 60 年代，罗杰斯先生自编自导自演，甚至撰写大部分的儿歌，亲身入镜或是操纵木偶搭配对手演员来对话。每一集他会聚焦在一个主题，例如在肯尼迪总统被暗杀之后，他与孩子们探讨死亡；当美国离婚率愈来愈高，他来谈离婚。他用一贯缓慢、平和而尊重的口吻来传达理念，提醒孩子怎么发泄与控制自己的脾气。在那个保守又充满歧视的年代里，他甚至率先与黑人演员共事，邀请他在节目上同沐双足。

一开始没人能够理解他在做什么，甚至取笑他、贬抑他。在电视媒体愈来愈普遍的年代，他就像是在喧闹世界中的一股清流。他曾说："我总觉得，我不需要戴上好笑的帽子或身穿斗篷，才能与孩子们拉近关系。"因为凭着真诚的眼神、温暖的话语，他便能够带给孩子们安定的力量。但几十年过后，他却被视为是保守势力、过时媒体，甚至还有长大的孩子反过来攻击他当年为何要灌输他们天真无知的想法，诸如"你是特别的，不用特别做什么去交换别人来爱这个真实且独一无二的你"。因为当如此相信这点的孩子们长大后却受到世界的背叛时，他们就回头憎恨当初为何被误导……

罗杰斯先生的孩子在整理他的遗物时曾经找到一些纸条，才发现父亲并不是数十年都如记忆中一样有信念。父亲也曾经沮丧、愤怒、想要放弃，却在发泄过后，继续坚持下去，直到最后。

让我们最感动的一句话，是当他受尽了一切质疑与委屈，他还是相信"我们能做的最伟大的事，就是帮助某人知道，他们有人爱，而且自己也有能力爱人"，而这也深深鼓舞了我们。当我们每天都收到读者来信，哭诉着他们的忧伤、彷徨，甚至愤恨，我们还是传递着一个信念——一切都会变好的，只要我们坚持下去。

请相信自己的坚持是有意义的，良善的价值必会获得回响，你所缺少的或许只是一种有系统性、延续性的推广方式。请尽力去尝试。现在有非常多的小农市集或组织，或许不一定适合你，但可以先尝试咨询，看看别人的运作案例。我们刚开始经营 YouTube 频道时，也是摸不着头绪。除了看别人的频道，也会去请教相关领域的人，一边试错，一边调整。虽然答案不会就此呼之欲出，但至少会先认知到过程中的挑战与成本是什么，再来调适自己的心态，甚至为自己设立停损点，这样比较不会在每日的挫败中，彻底磨损了自信与意志。

在电影中有首传唱了数十年的节目片头主题曲《你愿意当我的邻居吗？》，歌词里面写道："这真是邻里中美好的一天／我一直都很想有个邻居就像你一样／让我们把握光阴，希望你与我为邻……"

罗杰斯先生说，这首歌代表一种邀请，邀请某人亲近你。因为每个人都有彷徨无助的时刻，但不一定都会展现出来。若你一个人埋头苦思，倒不如开口求助，搞不好大家都有着同样的困难，可以集思广益，陪伴彼此一起渡过难关。

同场加映

《红盒子》 *Father*, 2018

有时候放弃一个信念，远比继续坚持还需要更大的勇气。
Sometimes giving up on your beliefs takes so much more courage than holding on to them.

陷入选择僵局

———————————————————————— Lessons from Movies

不用急着说自己别无选择；
希望，或许就在转角处等着。
——《玩具总动员 4》

Don't hurry to any conclusions;
hope may just be waiting around the corner.
—— *Toy Story 4*, 2019

致水九、水某：

　　在目前的工作上已经挣扎了好一阵子。其实并不讨厌这份工作，但似乎遇到瓶颈，有离开的念头已经很久了，却都在一波又一波的活动中拖过去，想说把事情完成再走，又总是会突然冒出一些新的任务。

　　之前曾私下去面试了几间公司，各有好坏，没什么让我特别期待的。而我同时也在思考，年轻时一直向往的留学打工，现在是否正是去尝试的时间点？不然再投入下一份工作，至少会待个两三年，到时候会不会没体力也没动力了？

　　心动之余，却又忍不住怀疑：回来后还会有公司要聘用我吗？但今年若不再快点决定，恐怕又要再度错过时间点……

亲爱的你：

你的状况让我们联想到《玩具总动员4》里面的胡迪！

这次的故事发生在第三部之后。玩具们跟安迪道别，展开了在新主人邦妮家的新人生。即将要上幼儿园的邦妮对学校感到陌生。在胡迪的帮助之下，邦妮才转移了注意力，用胡迪从垃圾桶里找出来的材料制作出了一个玩具，并将它取名为叉叉。

成为玩具而获得生命的叉叉，除了不能理解"玩具"的意义，更无法改变自己是垃圾的心态，不断想要逃离邦妮，回到垃圾桶里。此时邦妮一家决定在开学前来一趟露营车旅行，所以邦妮便将许多心爱玩具，连同叉叉一起带出门。为了要追回再次逃脱的叉叉，胡迪阴错阳差地与叉叉流浪在外，二人要想尽办法回到邦妮身边。

我们发现胡迪在电影一开始就显得有点彷徨空虚，因为他不再是玩具们的总指挥，邦妮也时常忽略他。于是当叉叉成为邦妮的最爱，胡迪就把叉叉当作是自己的最大责任，也把自己搞得人仰马翻。因为对胡迪来说，玩具就是要对主人忠诚，永不离开，所以他总是不肯放弃拯救任何一个"遗落"（lost）的玩具。

因此当胡迪和当初被送走的牧羊女重逢时，一开始以为她的"遗落人生"一定很悲惨，与有主人爱护的玩具天差地远。没想到牧羊女不只看起来神采奕奕，自由的生活更开拓了她的眼界。

经历了一连串的冒险，胡迪出乎意料地决定随着牧羊女去展开自己的新生活。因为胡迪虽然有着高贵难得的信念，但这信念却在无形中变成了一个枷锁，牢牢地套住了他。在冒险中，胡迪得到属于自己的体悟，那就是"人生不是只有一种样子"。当有主人的玩具很好，但当"不属于任何人"的玩具也很棒。离开主人去过自由的人生很好，也或许某天又遇到新的主人，那就好好珍惜新来的缘分。

玩具们看着远去的胡迪，感慨地说他自此变成"遗落"的一分子，但身为胡迪最好朋友的巴斯光年却回答："He is

not lost anymore。"这里的 lost 指的是"迷失"。唯有让胡迪探索世界，他才能不再迷失，重新找回自己的价值。

在职涯上，总是会遇到难以抉择的时候。水某在十几年的职涯中，换过五次工作，最新一份工作（或许也是最后一份工作）就是全职经营"那些电影教我的事"。之前每次换工作，也都经历过好一番挣扎，通常没酝酿个一年半载是不可能说出口的。不过也因为每次新加入一间公司，都很清楚自己的阶段性任务，所以除非是遇到什么意外，否则离职的原因与时机点，都还算顺理成章……

直到前一份工作，水某才真的陷入了好几年的苦苦挣扎，不仅是因为对品牌的热爱，更是认为自己的责任重大。但随着健康亮红灯，再加上公司营运策略与组织的大幅变动，让当时的水某几乎没有理由留下。但不改理性分析的习惯，水某还是做了一张表格，把自己离开、留下、外派的选项全数列上，根据自己最在意的指标去做评分排序，例如拥有主导权或许最重要，再来可能是成就感、福利等等，依序排完后，依照权重去加乘出一个分数。在这个思考过程中，水某才发现，其实一直以来自己都拥有第四个选项，也就是"延后选择，静观其变"。经过这样客观的分析，自己不是只能在去留当中选择，于是决定留职停薪一年，先调养身体，再去探索一些可能性，也与热爱的品牌拉开一段距离，用客观的角度去评估事态，最终才能做出没有遗憾的选择。

或许你也可以试试这样的思考测试，就算当下还是无法决定，但在自问的过程中，以清楚的架构去分析利弊，自然而然就会对自己的选项更加理解，甚至也会联想到其他从未想过的选项，或许就不会感觉到有如被逼到墙角般的苦恼了。

同时也别忘了，不管是哪个选择，都会是最好的结果，因为你会忠于它，并且尽力从中获得最多。

同场加映

《公主日记2》*The Princess Diaries 2: Royal Engagement*, 2004

有一天你会发现，成熟不是一个阶段，而是一个选择。
You'll realize one day that being mature is not a stage in life, but a choice you make.

事业与家庭的挑战

———— Lessons from Movies

坚强的人愈是努力微笑,
愈是需要温暖的拥抱。
——《实习生》

For those who try so hard to be strong,
the brighter their smiles are to you,
the warmer your hugs are to them.
—— *The Intern*, 2015

水九、水某你们好：

　　我的孩子刚上幼儿园，时间空出来了，我又能回职场工作。

　　当初辞职是想多点时间陪孩子成长。照顾了四五年后，我现在能找到还不错的工作，心里很感恩，也很惜福。

　　作为一名职业妇女，白天上班，晚上带孩子。其实很多同事都是这样，我也没特别觉得不满。真正让我感到不开心的是，丈夫虽然也会处理家务，但他的心态老是停留在帮忙的出发点。但家与孩子都是两个人共有的，我们也都各有工作，不是应该共同分担家务才对吗？

亲爱的你：

　　我们推荐的电影是《实习生》。

　　女主角朱尔斯是一位年轻又有想法的 CEO。她全心全意投入工作，只花了一年多的时间就成功建立起一个贩卖服饰的商务平台，甚至还因此获得了许多投资者的青睐。

　　朱尔斯除了拥有成功的事业，还有体贴的丈夫、可爱的女儿。看似已经拥有一切，然而随着剧情进展，我们才得知，丈夫为了要让朱尔斯能够无后顾之忧地完成梦想，辞去原本高薪又有前景的工作，在家中扮演"家庭煮夫"的角色，一手打点朱尔斯和小女儿的生活起居。

　　这对夫妻看似找到了完美的答案，但好景不长，丈夫因为无法忍受朱尔斯长期将工作放在第一位而出轨。发现丈夫偷吃的朱尔斯表面上装作若无其事，但内心却不知该如何是好。她一方面对丈夫多少感到愧疚，一方面又必须稳住情绪，不让公司运作受到影响。为了挽回家庭，朱尔斯甚至一度决定妥协，将自己一手打造出来的公司交给外聘的执行长管理，自己就有多一点的时间可以陪伴家人。

这个决定非常勇敢，但却等于变相地要朱尔斯妥协她的梦想。这让我们联想到在现实生活中，许多事业成功的职业妇女总是对家人有深深的罪恶感，将家庭中出现的许多问题都归因于自己，导致做出自我牺牲的决定。

其实这门课题真的没有正确答案，每个人微妙的平衡点也出现在不同的光谱之上。电影中，朱尔斯在下属兼好友本的陪伴和开导之下，勇敢地跟随着内心的声音做出决定。告诉丈夫自己已经知道他的外遇之后，丈夫也实时想通，请求朱尔斯不要为他一时的错误而自我牺牲。相较之下，现实中要取得工作与家庭的平衡，很可能要花费更长的时间或更多的沟通，这时候就更需要那些关怀我们的人支持与陪伴了。

我们在成立"那些电影教我的事"的前两年，各自都还有自己的正职工作。直到 2015 年粉丝页趋于稳定，水九的工作也完成了阶段性的目标之后，我们两人就有清楚的共识，要让水尢离职来全心经营粉丝页，而水某就留在产业中，继续追寻自己在品牌营销的梦想。我们决定互相支持，水尢时间弹性，可以多分担一些家务，而水某则作为经济上主要的支柱。也因为有这样的共识，我们今天才能够有机会去选择要一起来经营"那些电影教我的事"。

当然，无论是电影或现实人生，每个家庭遇到的状况与挑战都不同。但我们建议夫妻两人可以讨论出清楚的共识与各自的牺牲比例，在大方向上保持公平原则，把对方当成战友，一起面对外界的挑战。

在某些家务事上，丈夫或许多承担一些，例如较粗重的工作，或通勤接送；而妻子若比较细心，就在育儿上多费些心思，甚或颠倒过来也可以。基本上就是各司其职，而这个"职"是什么，就要靠双方协调了，看是各有所长，或是客观条件上谁比较适合做什么，才能达到真正的公平。

举一个小小的例子：水某对于环境整齐特别在意，所以老是在水尢后面收拾东西，还会怒气冲冲地责怪水尢坏习惯一堆，但直到水九回嘴后才发现，水某自己洗澡后也不会随手把脏衣服丢洗衣机，害水九洗衣服都要分很多趟，其实是半斤八两。毕竟人都是主观的，眼中所见多是对方的问题，容易忘记对方也在容忍自己，或许摊开来讲，会发现很多事你来我往的，其实也还算公平吧！

> **同场加映**
>
> 《我，到点下班！》*No Working After Hours!*, 2019
>
> 想要学会尊重，就先试着了解，不是什么事都是理所当然的。
> The first step towards learning how to respect others is to understand that nothing should be taken for granted.

如何领导？

———————————————— Lessons from Movies

领导不是一个地位，
而是一种行动。
——《极限职业》

Leadership is not a position,
but an action.
—— *Extreme Job*, 2019

哈啰，水九、水某：

我在去年被升职为部门主管，本来就对于工作很尽心尽力，在当了主管以后更加觉得责任重大，也难免给同事有点严肃的感觉。

最近在工作上遇到了一些让我有点感慨的事。不久前，因为有个案子对公司来说特别重要，我花了更多的时间去盯执行进度。刚好遇到团队里有几个新成员接连出了几个包，让我在一次的检讨会议上大发雷霆。

当我回首自己的职业生涯，虽然很有成就，却牺牲了好多。我也深知公司不是用来交朋友的地方。但很多时候我都在想：是我太在意工作，还是部门的人太不在意？难道只要成为主管，就得承担这样的心理压力吗？还是说，我本来就不应该对同事有太多期待呢？

亲爱的你：

　　我们想推荐给你在 2019 年以破天荒的速度打破了韩国电影票房纪录的一部电影《极限职业》。

　　电影叙述警察局内缉毒组的五名成员，因为一直没办法抓到犯人，不只时常被长官责骂，还得忍受其他同事的冷嘲热讽。这也使得组内的士气变得十分低迷，担心缉毒组会被解散，并被指派去其他更糟的职位。

　　而就在此时，他们得到来自其他组别所提供的情报，进而得知恶名昭彰的贩毒集团藏身之处。为了要顺利进行监视，他们决定顶下位在贩毒集团藏身处斜对面的炸鸡店，打算假装经营来掩人耳目。没想到，其中一位组员误打误撞烹调出超级好吃的新口味炸鸡，使得炸鸡店一夕爆红，也让他们成为名副其实的斜杠中年！

缉毒组一共有五名成员，分别是绰号"丧尸"的组长高班长、父母在水源开牛肋排店的奉八、唯一的女性组员妍秀、留着小胡子的英皓以及刚刚加入缉毒组的菜鸟宰勋。其中，多次领导失败的高班长，即便与组员的默契极佳但难免丧志，每天只想在外面盯梢，不想回家面对妻子的责难。每看着比自己年资小很多的学弟们个个官运亨通，他不时地自我怀疑，也曾经萌生过放弃的念头。

后来他意识到，若这次埋伏行动再度失败，他会间接造成亲如家人般的组员被警局拆散。于是他瞒着老婆，用退休金顶下了炸鸡店，竟也歪打正着把这间即将倒闭的炸鸡店经营得有声有色，甚至替他和所有人带来快速的财富以及被肯定的成就感。而接下来他们发现，原来合作展店的伙伴利用外送炸鸡交易毒品，高班长随即身先士卒地去追捕首脑，也证明了他"丧尸"的绰号来由：打死不退。

严格来说，高班长并不是一个模范领导人。他调度有问题，时常出错；也会见猎心喜，一度想要转行卖炸鸡；没办法说服上司给予更多的资源等都让缉毒组的行动没有效率，也不受到重视。但他之所以这么受到下属们的敬重，甚至让每个人在团队遭逢困难时还能够忠心耿耿地奉献自我，就是因为高班长是一个以身作则的上司，总是毫不保留地为团队付出，也不肯放弃行动。

缉毒组每日打交道的对象都是因毒瘾而发狂的吸毒者或毒贩，比起一般的罪犯更具攻击性。所以对团队而言，能无后顾之忧地冒险犯难比什么都来得重要。

水某在前公司有个团队要管理，是首次担任主管职。先从两人的团队开始，再增加到七人，职务都不尽相同。因为经验不足，其实一开始只能模仿以前主管的风格与管理方式，同时还要摸索每位下属的人格特质，并且在不同的情况下调整亲疏远近的态度，才理解"管人"比管事复杂千万倍！

但我们的深切心得是领导不是一个地位，而是一种行动。在做活动时，若自己走在第一线面对消费者，下属就会跟着做；在盯进度时，若有设定清楚的目标，又能问到关键点，下一次他们就会提前多想一步，以免被问倒。自己用什么方式与上司、同事互动，下属就会有样学样，甚至在低潮时的反应与心态都会让下属看在眼里。基本上有点像是亲职教育，以身作则，绝对没错。不过我们所说的行动，也并非代表着要抢着做下属该做的事，而是分工合作，并用同样的标准审视自己。这样一来，下属就会将你当成值得信任的战友。

除了《极限职业》，我们也推荐《初来乍到》《狂怒》《萨利机长》以及《菲利普船长》等片，片中的领导们都展现了十足的行动力，我们也可以看到领导者如何在高压下调适自己的心情。你会发现：领导其实是一个孤独的工作，很多时候你只能一个人怀疑、一个人承担了。

同场加映

《初来乍到》 New in Town, 2009

用影响力领导，要比用权力来得更有效。
Influence is a much better way to lead than authority.

同期之间的竞争

———————————————————— Lessons from Movies

一件事如果愈来愈困难，
不一定是因为你做错了，
反而是因为你做对了。
——《全裸导演》

Sometimes things become more difficult
not because you're doing them wrong,
but because you're doing them right.
—— *The Naked Director*, 2019

嗨，水九、水某：

在工作上竞争难免，但我真心觉得很累。最近与同事的冲突愈来愈多，一开始还以为只是工作上的意见不合，渐渐才发现对方真的对我很不满，针锋相对。我后来猜想，可能是因为同级的关系，大家总会把我们拿来做比较，甚至连主管也会刻意制造我们的竞争关系。

其实我并不害怕冲突，只是这种长期情绪紧绷，随时要防备他人的感觉真的很差，也曾经试图和对方沟通，但看来应该是无解，只好专注做自己的事。只是有时候被逼过头了，真的不知道如何是好。

亲爱的你：

　　我们想要推荐的，是一部分级为十八禁的日本影集《全裸导演》。

　　《全裸导演》的影集改编自传记小说《全裸导演村西透传》，剧中的男主角村西透是真有其人。在故事发生的20世纪80年代，村西透原本是一名英文百科全书的业务员，公司倒闭加上妻子出轨的双重打击，让他意外进入了色情产业。

　　村西透之所以被称为全裸导演，不只是因为他的职业生涯中拍摄了超过三千部成人影片，更是因为他在许多方面彻底改变了日本的成人影视产业。我们觉得他最大的贡献是打破了旧有的规范，将原本被视为羞耻、肮脏甚至下流的成人影视，回归到人性以及每个人都有的欲望。

村西透一开始就和当时许多的人一样，只想要一份安稳的工作好赚钱养家。但他却渐渐发现，即使他安分守己，按照规则做事，最终却仍沦落到失业、失婚，妻离子散。因此当他意外进入色情产业后，便下定决心从此不再任由别人差遣，而是要创造自己的命运。

村西透一开始只贩卖封膜的色情刊物，但随着分店愈开愈多，进货量大增，引起了刊物出版龙头——波赛顿社长池泽的觊觎。池泽向他提出收购要求，村西透于是更加看好这项事业的潜力，更积极地寻找拍摄团队与印刷厂，自己包了上游的供应链，自制自销。即便被检举入狱，出狱后看到新媒体的崛起，他干脆亲自组队执导，拍摄色情录像带。而后来更面临池泽利用产业委员会的职权压制，进一步切断他的销售通路。

村西透不仅在运作公司上坚持反抗，他在作品里也试图突破重围。他认为A片既然都以性作为主体了，为什么还要躲躲藏藏、遮遮掩掩？观众看A片是为了满足想象，那他就应该做到这一点。于是他不只坚持演员们真枪实弹上阵，还融入了角色扮演与剧情，让原本只停留在"意象与唯美"的早期成人影片，进化成结合故事、角色、情欲与想象的新生代商品。他的作品因为差异化而屡创佳绩，也间接造成了80年代录像带的普及，甚至电影与动画等也因此受惠良多。

对于村西透来说，每一次的利诱与打击都让他更加坚定自己的信念，投入更多的心力与资金，将自己在产业中的差异化做得更加到位。因为他知道，当竞争对手与相关团体这么在意自己的动向时就代表自己一定做对了什么，并且打到了别人的痛处，所以他更要继续突破，才能确保在创作与贩卖上的主导权。

《全裸导演》的例子或许比较极端一些，村西透后来屡屡犯法的行为也不足以效仿，但不得不说他正面迎战对手的过程，的确是个愈战愈勇的励志故事。敌人愈凶狠，他就愈勤恳，自己的丰硕成果会说明一切。在他眼中，没有不可能，只有不想做。

其实我们在经营"那些电影教我的事"的七年中，历经过两次蜕变。先是受制于Facebook机制改变，每篇帖文送不到追踪者眼前，还好实时建立了 Instagram，得以平衡 Facebook 的状况。后来又看到了影音趋势，转型成为 YouTuber，在将文字转化成影音的过程中跌跌撞撞了一年多，才有今日的成绩。

在面临挑战的当下，难免会自我怀疑，但有时候不一定真的做错了，只是需要时间去沟通、改变。若目前对你充满敌意的同事心态尚未开放，你也无法寻求主管协助的话，建议你为自己设下底线，将冲突与竞争控制在有限的范围里，并专注在自己的任务上。相信你的表态与表现都会让大家知道你不"恋栈"（贪恋官位），但也不"惧战"。

同场加映

《早间主播》Morning Glory, 2010

"不可能"只是个看法，不是事实。
'Impossible' is just a perspective, not a fact.

离职的思考

— Lessons from Movies

"专业"是你能做什么，
"热情"是你想做什么。
——《落魄大厨》

Being professional is about what you can do;
being passionate is about what you want to do.
—— *Chef*, 2014

嘿，水某：

我问你喔，你在你的"人生遗愿清单"上面写了一条，说要在 2016 年之前当上外商公司的营销经理。后来你好像 2015 年就做到了，还和我炫耀了好一阵子，甚至还谈到说不定过几年可以搬到丹麦总公司去，害我那时候还很认真地上网做功课，看看我到那里可以做些什么。

结果才过不到一年，你就说有点不想做了，害我整个傻眼……

好啦，其实我真正的问题是你有没有后悔过当初离职的决定。毕竟这可是你辛苦了好久才得到的成果，而且还曾经是你毕生的愿望呢！

嗨，水九：

我想用一部电影回答你，就是害我们跑遍大台北找古巴三明治的《落魄大厨》！这部片是《钢铁侠》的导演，也是长年担纲演出钢铁侠司机哈皮一角的乔恩·费儒自编自导自制自演的作品。

记得吗，乔恩·费儒甚至因为这部电影与当时的料理指导，也是美国胖卡餐车运动创始人之一的崔罗伊结为至交，与他开设了美食节目《主厨秀》，邀约了一长串大咖演员与自己一同下厨、聊八卦。

而《落魄大厨》这部电影也曾让你写下这句佳言——人生最美好的，莫过于热爱你做的事，与做你热爱的事。

那我的答案呢？一点都不后悔！而且离职的时间点刚刚好，不早也不晚，就像男主角卡尔一样……

卡尔是一位备受推崇的明星厨师，在一间米其林餐厅烹煮着例行公事的经典料理。他一直希望能做些创新与突破，但老板为了商业考虑，设下许多限制。再加上卡尔过度执着于他向往的"艺术家的坚持"，不只让家庭破碎，还得罪了食评与老板，只好毅然离职。失去了一切的他决定要回归本心，找回当初想成为厨师的热情。他靠着一台二手餐车贩卖古巴三明治。巡回全国期间，不仅找回了对料理的初心，也与疏离的家人建立全新的关系。

还记得我在2009年的人生遗愿清单上许下愿望，希望可以成为营销经理，独力主导一个品牌的营运，并且在最后的一份工作实现了。在那间玩具公司待了三年多，大部分的时间真的好充实、好快乐。我还依稀记得那几年，加班对我而言是稀松平常且心甘情愿的。你曾说，那时的我一提到工作，眼睛都发亮了！因为那难以言喻的成就感，什么事都比不上，我多幸运可以拥有一份全世界最棒的工作！

但随着公司策略与组织壮大，表面功夫、政治斗争一一浮现，在精神高压下，长期以来身体状况也出现问题。即便升职了，甚至预算变多了，但外部的管控也日益加剧。失去自由的我好疲惫、好无力。我发现自己不再热爱我做的事，也做不了我热爱做的事。

在留职停薪的一年间，我试图调整自己的生活步调，才领悟到自己对品牌的热情一直都在，这份工作的价值也还在，只是无法靠一己之力排除外部的控制。而我也理解自己的特质是无法对此束手就擒的，所以或许是时候离开。也是在这段时间，我才注意到自己的梦想从来都不止一个——"那些电影教我的事"是其中之一，而你也是我的梦想。

在全职加入你的这两年多里，我们也面临了品牌的转折点——成立 YouTube 频道，揭露更多我们自己的故事与经验。这段时间，我体认到自己能找到同样甚至更胜于过去的成就感。以往掌管高额预算、团队运作，还有基本的福利，让生活安稳有保障，但身心灵却都被困住了。而今与你的一场场冒险，包括盈亏自负、各项杂事，同样也是经常加班，但相对来说，是更加地自由和充实。不管成果好坏，至少都是我们自己的选择。

在当年的人生遗愿清单里，还有一栏是我们留给彼此的，我们许下心愿要"启发人心"。不敢说我们做的事情有多了不起，但至少从反馈中得知我们的文字影响了某些人的生活；或许陪伴了他们度过低潮期，或许解答了他们的疑惑，甚或坚定了他们的信念，随着时光积累，造就了涓滴成河的影响力。

你问我后悔离职吗？一点也不！

同场加映

《书店》*The Bookshop*, 2017

独立，是因为不想依靠；
勇敢，是因为没了退路；
坚持，是因为还有希望。
One becomes independent when there's no one to depend on; one becomes brave when being brave is the only choice; one chooses to hold on when they believe there's still hope.

从兴趣到专业

水某也想问

———————————————— Lessons from Movies

每个人面对现实的方法都不一样,
有的人逃避,有的人抵抗,
有的人只是需要时间慢慢说服自己接受。
——《好莱坞往事》

Everyone deals with reality differently.
Some fight it; some run from it,
and some just need more time
to convince themselves to accept it.
—— *Once Upon a Time in Hollywood*, 2019

亲爱的水九：

　　自从加入了你一起经营"那些电影教我的事"，就一直很佩服你是怎么面对读者对我们作品的评价。

　　不管是一年一本的著作，一周两支的 YouTube 影评，甚至是每日的帖文动态，那些赞扬或贬抑的数字都是瞬间的起伏。有时候，我们与读者们的看法不同，我们觉得特别好的作品，却收到寥寥无几的反馈。还有很多时候被平台机制给影响，在算法不断调动的情况下，成效是否反映真实甚或影片触及量的波动，也都让我们感到很无力。

　　而这一切，你是怎么适应过来的呢？还是说其实从未完全适应，因为环境总还在变动。当我看到辛苦的你，放不下手机，每五分钟更新一下成效，我可以想象得到，对你这个特别在意别人看法的个性，这份工作似乎有着极大的心理负担……

哈啰，水某：

老实说，我也常常在问自己这个问题，但直到最近看了昆汀·塔伦蒂诺导演的最新作品《好莱坞往事》后，我才有了比较清楚的答案。

这部电影叙述在1969年，有一位曾靠着西部电视剧走红的影星里克在转战电影失利之后，察觉自己的事业渐渐走下坡而感到恐慌忧郁。里克当红时呼风唤雨，发现自己不再风光时也试图力挽狂澜，不管是转战大银幕或接演反派，甚至挑战与自己戏路、外形都大不同的新角色。但是愿意挑战命运，不代表就能够扭转命运。里克始终无法找回当年的荣景，更别提还能在好莱坞里扮演英雄的一哥角色。

还记得我们2012年刚成立粉丝团的时候，环境一片大好，才三个月就超过十万人订阅，第一年就突破四十万。那个时候，不管写什么文章，介绍什么电影，动辄都是破万的赞数、上千次分享。但没过多久就遇上了 Facebook 机制的改变，一夜之间，触及率被砍半，到后来甚至每篇文章只剩下数千个赞。

现在回想起来，那个时候的我就和电影里的里克一样，觉得眼前的世界不再熟悉了，也不禁怀疑自己是不是做错了什么。但光是沮丧也不能解决问题，我们要不就是束手就擒，任由机制宰割，或是另辟战场，到别的地方闯一闯。

我在欣赏《好莱坞往事》的时候，看到里克虽然很彷徨，甚至感到害怕，但即便看不清楚脚下的路，他还是努力地往前走。这也让我回想起当初决定要离开 Facebook，转而经营别的平台时的心情。看着一个个新崛起却很陌生的平台，每个都让我研究了老半天，也失败过很多次，而这些都是无法与外人道的灰心。

但我觉得这些阻碍其实是在考验我们对"写影评"这件事的热爱，每次一个平台的失败，只是在督促我们去尝试下一个平台。而也是在这个过程中，我们找到了 Instagram、

LINE，以及 YouTube 这些本质上很不一样的平台，也才催生出现在各式各样的"那些电影教我的事"。

不过，没有一个答案会永远适用，就像里克即便在意大利影集里重拾了部分的往日荣光，却仍得面对注定会来到的下一次的失败。而我们能做的，除了在那之前提早准备，也要做好心理建设接受现实，然后踏出下一步吧！

同场加映

《火花》*Hibana*, 2016

错误不等于失败，你只是在人生中不断学习而已。
Mistakes are not failures; they are just lessons to be learned in life.

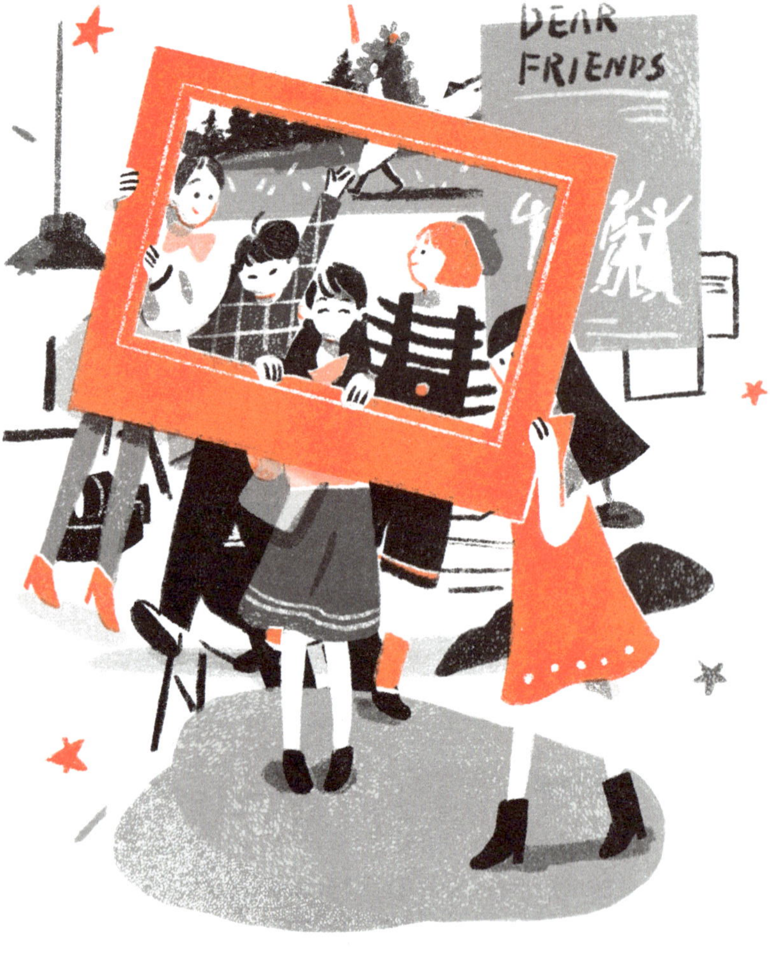
DEAR
FRIENDS

第四场

关于人际 ——
我亦是你生命中的演员

在别人眼中的你，
可能扮演的是父母、孩子、同事，或是朋友。
在不同的场合上，每个人都被赋予了特别的角色意义，
有着不同的人际相处课题。

在人群中的疏离感

———————————————————— Lessons from Movies

孤单久了会寂寞，寂寞久了会习惯；
习惯久了，人也就变冷漠了。
——《声之形》

Stay alone and you become lonely,
stay lonely and it becomes a habit;
once it becomes a habit, you become indifferent.
—— *A Silent Voice*, 2017

亲爱的水九、水某：

我是一名大学生，个性比较内向，不擅长和别人相处。以前一直有这样的困扰，但或许小时候有好朋友陪伴，所以感受不深，直到后来才渐渐意识到，原来这是一种心理障碍。

进入大学前，心里本来有很多期待，觉得可以重新开始，展开新的人生，但是事实并不如想象中那么美好。

因为对于自己的科系不是很有兴趣，班上小团体一群一群，而我总是一个人，有时候觉得孤单，但也不想勉强自己加入某个团体。我常常纳闷为什么交不到朋友，或者是交到朋友却感受不到以前那种很合得来的感觉，忍不住怀疑是自己的问题，常常都有种无力感，对大学生活感到蛮失望的。

亲爱的你：

　　过去一直都有学者机构在研究人的幸福指数，想要发掘出幸福的源泉到底是什么。而在大部分的报告里都曾提到，相较于升官发财、旅游美食等我们总是觉得匮乏的事物来说，良好的人际关系才是促成幸福感最重要的一项指标。哈佛大学医学院教授罗伯特·瓦尔丁格在他所主导的一项幸福感长期研究计划中，似乎找到了答案。

　　他从1983年开始追踪七百多位成人，每年访谈他们的生活、健康、工作、婚姻等状况，发现良好的关系是在满足人的基本欲望之外，最能带给人们健康与快乐的指标。

　　你一定会觉得根本不需要学者研究，因为没有好朋友在身边就已经很痛苦了。而在我们想要推荐的电影《声之形》当中，更是可以佐证这一点。

改编自同名漫画的主角石田将也是一位高中生。小学时的他是一个调皮捣蛋的男孩,曾对刚转学过来的一位听障女同学西宫硝子百般霸凌,也导致她没过多久就被逼得再度转校。但这件事却使将也被身边的人排挤,让他不只没有朋友,对于硝子也心存愧疚,所以在高中时动了自杀的念头。

在将也的眼中,除了亲人之外,身边所有的人脸上都画了一个大叉叉。这个记号象征的是将也失去的生命热情,身边的人对他来说都只是与他无关的陌生人。他看到了对方的脸,却不知道对方长什么样子;他听得到对方的声音,却不知道对方在说什么。习惯在同侪之间不看、不听、不说的他,总是低着头胡思乱想,才会没注意到在这个世界上,并不是只有他想要友谊,也不是只有他感到格格不入,更不是只有他曾经想不开……

《声之形》漫画的原作者曾经说道,在这个故事中,她想要表达的中心思想其实是人与人之间相互传递心意的困难。而为了要生动传递这个意境,作者才以欺负听障少女作为题材并翻转霸凌的角色,让"难以传达自己心意"的意涵戏剧化地呈现出来。

我们猜测，电影里的许多局部视角，应该就是在暗指片中人物们总是以自己的观点来看外界，以至于自己太过武断狭隘，甚至是妄自菲薄。我们总是在低落无助时贬低自己，认为世上少了自己也没关系，但却没发现，没有人能替代我们去爱身边的人，甚至被爱，而每一个人也都不想落单，都努力地隐藏自己的疏离感。

这部电影让水某哭得最惨的地方，就是电影最后，将也敞开心房的转折。他突然发现这个世界的一切都无比美好，他终于能够清楚地看见每一个人的脸，听到每一个人所说的话语，也感受到每个人内心的美丽。他才惊觉，一直以来自己并不孤单。

同场加映

《意外的幸运签》Colorful, 2010

只要你敞开心胸去关怀，你会发现，被安慰的反而是自己。
If you open your heart to care, you'll realize that you are the one who gets comforted.

不想成为边缘人

———————————————————————— Lessons from Movies

就算得不到肯定，还是要尽力；
全力以赴不为了别人，而是为了自己。
——《八年级》

Always give your best even when no one acknowledges it; work hard for yourself, and not for anyone else.
—— *Eighth Grade*, 2018

水九、水某你们好：

我刚上大学没多久，学校有许多迎新活动，同学们也都在讨论要参加哪些社团，或要一起去哪参加活动。看着大家这么热烈地互动，对比之下，我就显得更加孤单。

其实从小到大，每到新环境，我都要花上一段时间才能与大家熟识，就是所谓慢熟的个性。认识新朋友对我来说压力已经很大了，现在上了大学，课外活动更多，不去参加好像太边缘。好不容易鼓起勇气拒绝，就被说不合群，但逼迫自己参加，实在是非常痛苦。

在活动现场的我，往往只会尴尬，更怕被人家指指点点，怎么办呢？这到底是什么问题？是我太没有自信吗？

亲爱的你：

  我们想要推荐给你的电影，是非常真切又温暖的《八年级》。

  凯拉正值十几岁的青涩与尴尬，她自认是个有想法也喜欢分享的人，每天都会自拍影片上传 YouTube，教大家怎么社交，或是为观众加油打气，即便她的影片应该只有她的爸爸在看。但没想到毕业前夕，班上同学在投票最受欢迎或最有特色的同学时，凯拉居然领到了"最安静"的纪念奖。这一点出乎凯拉的意料。

  而身为观众的我们，随着她的日常，才逐渐发现凯拉虽然在镜头前侃侃而谈，好像十分有自信又善于交际，但事实上并非如此。原来在一张张幸福开朗的照片之下，是她拍了又删、删了又拍的自拍像；鼓起勇气去参加同学的泳池生日派对，因为自卑肉肉的身材而躲在浴室里不敢出来；好不容易走到场中，又不敢与人交流，只好泡在泳池的角落；还后悔自己送了一个不合时宜的礼物，在众人面前出糗。

老实说，我们觉得这根本就是自己的写照啊！还没结婚时的我们，也都不善交际，不爱出席社交场合，学生时期最不喜欢参加夜唱，因为很吵，不能早睡，还要装熟；大声说话，又没有交流的品质。就连上班之后，不得已要参加这类活动，还要找机会提早溜走，要不然就是自告奋勇地帮大家买东西。

结婚之后，还好有彼此，我们有默契地绝对不会让另一半独自出席餐叙、活动。不得已要出席时，我们总是提前到达，与主人聊天，完成了出席的目标任务，能早走就早走。久而久之，交际圈里的朋友们也都接受了我们的个性，改由私下单独聚会来见面，分享近况。

但对于一个还在学、青春期的孩子来说，凯拉不得不经历这段成长的过程，学习怎么面对这样的人际压力与批判眼光。我们看到总是局促不安的她，铆足了全力尝试交际，走出舒适圈。有时候来自同侪们的一点点力量，就能够促使她跨出一大步。本来都已经紧急呼叫老爸开车来救她离开了，但遇到了心仪的男生之后，她鼓起勇气回到交谊厅，甚至还拿起麦克风唱卡拉 OK。相信日后她若回顾成长的日子，出席派对的这天，必然是个转折点。

我们觉得这部电影很真实却又暖心的原因是凯拉的影音日记主题总是呼应着她的真实生活，她在镜头前所讲的，在她接下来的生活里就会得到验证。而这些课题有时成功，有时也会失败。但我们得以从她的挣扎与害怕当中，和她一起克服自己心中的障碍。

别担心，你绝对不是唯一不喜欢社交的人，而且谁说为了生存，就一定要勉强自己彻底改变呢？若能视场合与目的来决定自己是否需要适时地伪装，并且不忘记把那张"暂时的面具"取下，只要自己一直以来都是以诚待人，相信时间久了，同学们都会理解的。

同场加映

《我和厄尔以及将死的女孩》Me and Earl and the Dying Girl, 2015

只因为你不知道该如何跟身边的人相处，不代表你不需要他们留在你身边。
Just because you don't know how to get along with those around you, doesn't mean you don't need them around.

撕不掉的标签

— Lessons from Movies

不是每个游荡的人都迷了路，
或许他正在追逐一个你无法想象的梦。
——《小丑》

Just because someone's wandering doesn't mean he's lost.
Perhaps he's just chasing a dream that no one understands.
—— *Joker*, 2019

水九、水某你们好：

　　这个问题困扰我很久了。从小我的个性就比较胆小，表达能力也比较差，不大习惯对长辈表达出自己内心的想法，在同学当中也曾经因此被欺负、嘲笑。

　　但我很喜欢画画，虽然不一定能画出什么成绩，但至少我做得很开心，没有压力，也只有在画画的当下，让我觉得很自由。

　　我希望这项唯一能让我宣泄情感的事物，可以成为我未来的志业。但我身边的人虽然不明说，却都抱着怀疑的态度。他们甚至还表露惊讶，诧异于我为什么要这么坚持去上一些课，花这么多时间和金钱在画画上面。

　　有时候，我真的感到很不公平，快要窒息了。所有事情我都配合，我只要求不要有人管我画画，这难道有什么不对吗？

亲爱的你：

　　我们推荐给你的是在上映前就获得极大关注，并赢得威尼斯影展最高荣誉金狮奖的电影《小丑》。

　　上版小丑还是在 2008 年由已故影星希斯·莱杰饰演，这次实力派演员华金·菲尼克斯的表演在造型与路线上虽和希斯·莱杰有几分神似，却也走出了自己的风格，就连肉体也配合演出。几幕骨瘦如柴的枯槁身形就像是小丑扭曲思绪的延伸，让观众完全感受到了这个角色从里到外的崎岖心境。

　　《小丑》专注在角色的形塑上，与其他的超级英雄电影相比，没有电影宇宙的因果关系。这部电影的主轴可以说是"小丑养成记"，让我们看到阿瑟·弗莱克在成为"小丑"以前的人生，并且以他成为"小丑"的那一刻作为结束。阿瑟个性温和善良，却因为脑部受过创伤，会不由自主地放声大笑，造成自己以及身边的人的困扰，必须靠药物才能稍微控制病情。他和无法自理的妈妈相依为命，平时靠着打扮成小丑出席活动维生，但哥谭市的大环境不好，使得收入不稳定的他们生活颇为困顿。而接连出现在生活中的打击，也使得他出现愈来愈多幻觉，无法分辨现实。

阿瑟一直以来最大的心愿，是要成为一名带给大家欢乐的独角喜剧演员，也就是英文里的Stand-up Comedian，或者是Joker，透过说笑话来逗观众开心。无奈时不我予，阿瑟只能打扮成外表滑稽的小丑（Clown），靠着被人讪笑维生。

当一切状况都不能再糟时，阿瑟珍视的梦想还被自己的偶像，一位知名脱口秀主持人拿出来在电视上嘲笑。这一连串的事件，终于让阿瑟理智断线，借由暴力来释放自己一直以来的痛苦。

这部电影是场极端的呈现，目的是要提醒观众反思现今社会缺乏同理心的状态，并非鼓励在生活中受到压抑、打击的人们用暴力去证明自己的存在价值。对于精神病患，除了家人的支持，还应有工作环境的支持，医疗与社会福利机构的配套，甚至是社会的群体关照，交织成一道不漏接的安全网。而在电影中，阿瑟接触的所有人事物都出错了，在负面事件不断地积累之下，养成了难以捉摸的"小丑"，而这样的代价是整个社会都要承担的。

　　我们推荐这部电影给你，是想要提醒你还有选择。如果画画是你喜欢的事，那谁也无法阻挡你。身边的人或许只是担心你太过投入这件事，而忽略了其他也很美好的事物，反而让自己的选择限缩在两个选项里——不是画画，就是听别人的话。

　　但其实，你一定能找到能兼顾自己的兴趣也让身边的人安心的方法。或许现在只是因为自己的个性而压抑了许久，所以当好不容易找到一个出口，就更加坚持罢了。

　　电影中的阿瑟是一个负面的案例。他的偏激行为源于一连串社会机制的错误，以及自己对于精神疾病的失控，纵使他最后勇敢成为霸气十足的小丑，看似不在乎外界看法的自信模样，但他还是向往被关注、被崇拜，并没有完全摆脱掉外界赋予他的枷锁。这说明了他也只是个需要关爱的平凡人，就像我们一样。

不过我们相信已经从画画中找到自信的你，一定有办法借由画笔向身边关心你的人描述真实的自己，并且从中生出更多力量去面对外界的质疑。至于那些不相干的闲杂人等，何必在意他们的眼光，又何须浪费时间与他们解释呢？

> **同场加映**
>
> 《我们与恶的距离》*The World Between Us,* 2019
>
> 这世上有两种假的正义：用自己的罪惩罚别人和用别人的罪惩罚自己。
> There are two types of false justice: punishing others with your own sins, and using the sins of others to punish yourself.

逐渐冷却的友情

———————————————————— Lessons from Movies

最难表达的祝福，
是看到最爱的人在你之外找到幸福。
——《无敌破坏王 2：大闹互联网》

It's always hard to give your blessing
when someone who you love so much
finds happiness in someone else.
—— *Ralph Breaks the Internet,* 2018

水九好、水某好：

　　我是一个很少依赖其他人的人，总觉得能够依靠的最终还是只有自己，唯一的例外是我以前的好朋友。每当我难过、压力大、不知道该怎么办的时候就会打电话给她，让自己可以喘息。她是一个我可以放心依赖，不太有负担的对象。

　　然而她最近交了男朋友，却不敢跟我说，怕我生气然后疏远她。我听了反而更加难过，她难道不知道这么做才会让我觉得被排除在外吗？

　　我知道友情有一种阶段性，不同的阶段会有不同的朋友。不过这常常让我觉得很寂寞，但我最终还是对此麻木了。后来的我甚至认为，不如一开始不要那么亲近，就不会有疏远的感觉。

　　老实说，所谓的友情到底是什么样子？我开始有点不理解了。

亲爱的你：

　　我们想推荐给你的电影是《无敌破坏王2：大闹互联网》。

　　这部电影的主角，是一位在电玩里扮演反派的破坏王拉尔夫。他一开始是个被所有人都讨厌的大坏蛋，直到遇见同样被排挤的云妮洛普才惊觉他不需要所有人都喜欢他，只要懂他的人喜欢他就够了。即便后来拉尔夫和其他的角色们都成了朋友，但在他心目中，谁也无法取代云妮洛普的地位。知足的拉尔夫希望安稳的生活可以永远不要改变，因此洗脑式地不断告诉云妮洛普，这样有彼此相伴的人生太完美了。

　　云妮洛普虽然很享受和拉尔夫相处的时光，但她也渐渐察觉拉尔夫对自己的依赖。或许一开始还能接受，但拉尔夫渐渐开始管东管西，甚至对云妮洛普后来结交的新好友感到不悦，也间接造成了云妮洛普的压力。

　　云妮洛普和拉尔夫不同。她虽然珍惜拉尔夫这位知己，但她其实不甘心日复一日过着同样单调的人生，也因此当她体验过网络的自由之后，产生了不想要再回到游乐场的念头。此时最让她烦恼的却是不知道该怎么告诉拉尔夫自己的想法，因为她很害怕拉尔夫无法接受。

拉尔夫最大的弱点就是对于云妮洛普的依赖，以及害怕失去她的恐惧。也因此当拉尔夫发动病毒扩散时，病毒们唯一的目的就是要抓住云妮洛普，让她永远留在自己身边。

片中有个特别的安排，就是造成大混乱的病毒有个特性，会搜寻并且复制程序里的安全漏洞。在电影里，安全漏洞所使用的词是"Insecurity"，如果从字面上来翻译的话，意思就是没有安全感。

云妮洛普将拉尔夫对她的恩情永远铭记在心，但这并不代表她就有义务要用自己的人生作为报答。而拉尔夫所表现出来的反应，其实也常常发生在现实生活里。和我们愈是亲近的人，我们往往愈不替对方着想。为了达到自己的目的，甚至有时还会利用彼此之间的关系作为要挟，靠着情绪的霸凌与勒索来逼对方就范，也给这段原本应该带来喜悦的关系，套上了令人窒息的框架。

你说得对，友情是有阶段性的，随着成长与经历不同，每个人本来就会进入不同的阶段，但这并不是负面的事，也不是要改为"不抱期待就不会受伤害"的心态去与朋友交往。

试想，每个人都有亲情、工作、爱情、自我以及友情等需要时间与精力去经营的关系，每个人都在找寻平衡。你的好友想试着在爱情与你之间取得平衡点，而未来的你也会在工作、爱情，甚或好友中间找到平衡点。这是取舍，也是自己该努力去做到的事。何不趁现在多一些独自一人的机会，去想想自己想要什么样的生活，成为什么样的人？先享受自己一人的自由，等到以后生活中有愈来愈多面向需要去兼顾时，你或许还会想要多一点自己的时间呢！

> **同场加映**
>
> 《斯坦和奥利》Stan & Ollie, 2018
>
> 普通的友情在争执之后结束，真挚的友情却在争执之后开始。
> Simple friendships tend to end with an argument; true friendships often start with one.

应酬交际是必要的吗？

———————————————————— Lessons from Movies

取悦一个人之前要考虑两件事：
他在不在乎与值不值得。
——《一个小忙》

Two things need to be considered before you try to please others: are they worthy, and do they care.
—— *A Simple Favor*, 2018

水九、水某你们好：

　　公司里总会有那种跟你演一套，背地里又说另一套的人。在我们公司，这种人还真不少，尤其是需要你的时候，就把你捧上天；当你被边缘化时，就狠狠踹上两脚。

　　偏偏这样的人，大家讨厌归讨厌，却还是会怕得罪他，表面上得要附和个几句话，不然哪天轮到自己倒霉，被猎巫的就是自己。

　　我实在是看不惯这样的嘴脸，要我皮笑肉不笑还真的做不到，可是又不想成为不合群的箭靶，难道就得跟着玩这一套吗？

亲爱的你：

我们推荐给你的电影是《一个小忙》，像是天真版的《控制》，也像是成人版的《贱女孩》，是一部风格独具的黑色悬疑喜剧。

埃米莉与斯蒂芬妮是背景与个性截然不同的两个女人。埃米莉是一名职业妇女，强势干练，每日身着亮丽的华服到学校接儿子下课，还有个深爱她的丈夫。单亲妈妈斯蒂芬妮在学校认识了埃米莉。个性温和热情的她，打从心底羡慕着埃米莉这个属于胜利组人生的完美女人。

两人因为各自的儿子结交成好友，互相分享秘密，但接下来却发生出乎意料的惊人转折。

埃米莉曾赞叹斯蒂芬妮："你好善良，真不知道你是怎么活到今天的！"但斯蒂芬妮却回应："每个人都有黑暗面，只是有些人隐藏得比较好而已。"原来两人藏有不为人知的秘密，对彼此都抱着想要亲近但却防备的心理。

埃米莉其实有个十分悲惨的童年，她与双胞胎姐姐放火烧了自己的家以逃离父亲的魔掌，两姐妹也自此改换身份避不见面。但吸毒沉沦的姐姐眼红埃米莉的成功，不断在金钱上勒索她，害她在经济上也出现危机。所以一直以来，埃米莉从不与人交心，也时常担心自己的真实身份曝光。

斯蒂芬妮曾与同父异母的兄长发生亲密关系，婚后被丈夫发现。丈夫独自驾车与兄长谈判，没想到两人却意外身亡。一夕之间，失去两名挚爱的斯蒂芬妮自责又寂寞，让她对埃米莉拥有的一切更加羡慕。

在电影中，我们看到两人的心境都呈现在服装上。埃米莉的风格干练时尚，但一层又一层的背心、外套、手套，都显现出她在情感上的层层伪装。喝着调酒、躲藏在华服与豪宅之下的她其实是不快乐的，因为她总是想要用外在的表象填补内心的空缺。而斯蒂芬妮的穿着虽然不如埃米莉繁复，但甜美可爱的小碎花风格却透露出她对爱与浪漫的渴望，也暗示了她后续轻易在道德底线让步的性格。

我们相信，秘密是需要与信任交换的，一个人藏了愈多秘密，就愈容易怀疑别人。当你为了示诚而加入这样的虚伪阵营，总有一天会被出卖的还是自己。

对于总是伪装自己的人，或许私底下的他有许多苦衷。虽然不需要诋毁歧视，但当他展开恶意攻击时，就要对他敬而远之，甚至留下一些证据以自保。

人性还是渴望光明与良善，埃米莉与斯蒂芬妮一开始会成为闺蜜，也是基于渴望友谊。只是遇到了利益冲突，或是感到被利用、背叛，两人才反目成仇。

不过在职场上，一些得装模作样的社交场合的确少不了。虽然我们也都很排斥，但不得已的时候还是得要参与并礼貌地谈话。可以聊些风花雪月的话题，不要透露太多的意见或隐私，免得被有心人士操弄。总而言之，不用太勉强自己，许多办公室政治的八卦听听就好，不一定要参与；只是如果可能危害到个人利益，就要及早布局了。

同场加映

《新抢钱夫妻》Fun with Dick and Jane, 2005

虚伪的人忙着维持假象，真诚的人没空装模作样。
Fake people are always busy pretending, while real people don't have time to care.

与家人的紧张关系

—— Lessons from Movies

爱有一种用处，
就是拿来填补彼此的不完美。
——《步履不停》

Love has the ability
to mend the imperfections of one another.
—— *Still Walking*, 2008

给水九与水某：

我与妈妈独自住在外面，因为她和外婆的关系很不好。其实我们两人也时常吵架，往往是我先向她认错。我实在很不想与妈妈住在一起，也曾经表达过要外宿的想法，不过在她的强烈反对下，只好先暂时放一边。

最近一次的争执，让我妈说出以后要我自己赚学费，想办法继续念书。原本以为她只是一时气愤，没想到这次她是说真的。

这让我开始挣扎：是否还要继续留在这里念书？我其实想要出国，现在甚至在想：是否干脆放弃升学，直接自己存钱完成梦想呢？

亲爱的你：

　　我们推荐给你是枝裕和导演的经典代表作《步履不停》。

　　横山一家位于海边的偏远小镇。老父亲恭平是个退休的医生，他一直期待着家中有个孩子能够继承他的衣钵，却也因为老是摆出一家之主的架子，而与家人的关系较为疏远，所以他的生活起居一直都是由太太淑子照顾着。

　　儿子良多老是与爸爸意见不合，他的工作也不被家人赞许。当困顿失意的良多带着新娶的太太由香里与继子一同回到家里，姊姊千奈美与姐夫也带着他们的孩子回到家里团聚用餐。在席间，这个家庭的秘密才逐步被揭开。

　　原来横山一家还有个大儿子纯平，却在好几年前因为救人而溺毙。这个家庭表面上照常过日子，但每个人心中都有个难以纾解的痛处。爸爸气良多不如纯平，且不愿意接续家中诊所的工作。良多也怨爸爸老是拿哥哥与自己比较。妈妈放不下害儿子死的外人，每年忌日都要对方来赎罪，也不认同良多为何要迎娶带着儿子的由香里，同时又要面对女儿觊觎着家中屋产。一家子多年的怨怼与伤痕，在这两天一夜，纯平的忌日之时，一一被撕开与检视。

是枝裕和导演在他的杂记《拍电影时我在想的事》中写道，《步履不停》是他对母亲过世的疗伤止痛作业，他想要把一家子纷纷扰扰，以及"人生总是有点来不及"的感觉，用镜头述说出来。

其实母亲与你的互动，某种层面是用争吵去确认自己的母亲角色；你也可能以叛逆、离家，以及认定"自己是孩子，母亲无论如何都会配合自己"而反过来吃定母亲。我们无法断定谁对谁错，但已经感受到"因为恐惧，开始互相勒索以改变对方心意"的模式了。

试着把自己抽离出来，去想想母亲与外婆的疏远关系是源于什么，而你在其中的角色又被如何看待。你们时常的争吵，问题根源可能是什么？是母亲怕又失去一个亲人的恐惧吗？

如果母亲的一些创伤与状态无法改变，是否自己也可以做一些应变？若是一味地逃开，反而是愈逃让她愈没安全感。

　　在电影一开始，我们可以看见良多一直很抗拒回家，尤其是画面中重复出现老家前面的长阶梯，象征着回家的艰辛。这段路让排斥回家的良多走得不情不愿，但也同样是这段路，让良多与我们看见老父老母的步履蹒跚。

　　分别从良多与父亲的立场来看，两人都没有错，也都爱着对方，但却都亏待了彼此。良多不能体谅老父失去两个儿子的空虚感，但老父也没有顾及良多已是一个独立的个体……

　　《步履不停》的原文片名"歩いても　歩いても"，是一步步向前走，步履不曾停歇的意思。就像是在影射生命快速的流逝以及世代不断的传承，当良多又错过了几年哥哥的忌日，没有回家团聚，父母也就相继离去了。终于换成他带着下一代来为父母上香，但心中也还放不下这"总是迟了一步"的深切遗憾。

　　而现在的你，暂先不用烦恼学费的问题。不管怎样，学校都还有学生贷款的机制。水某大学四年的学费也都是先贷款，之后再自己工作还款的。出国念书的念头也都还有时间从长计议，最重要的，反倒是先修补你与妈妈之间的心结与冲突喔！

> **同场加映**
>
> 《星际探索》*Ad Astra*, 2019
>
> 释怀不等于遗忘，你只是学会了用另一种方式永远怀念他们。
> Moving on doesn't mean you'll forget;
> you just found a way to remember them forever.

无法谅解父母

———— Lessons from Movies

"命运"并不是生命中注定会发生的事,而是你选择去做的事。
——《如父如子》

Destiny is not something that's predetermined;
it's something you choose to do when you are determined.
—— *Like Father, Like Son*, 2013

水九、水某你们好：

我很喜欢狗狗，最近终于也领养了一只。但小狗爱叫又爱乱咬东西，每次犯错，就会被我打。而在一次又一次的训诫当中，我失去耐心，下手愈来愈重。

直到有一次，它可能吓到了，完全不敢靠近我，我才意识到自己已经打到不分轻重了。就算我怎么哄，狗狗再也不敢亲近我了。

这个事件让我突然联想到自己一直以来的恐惧。我的爸爸以前只要生气就会打小孩，被打的过程我都还记得一清二楚，所以我一直都很害怕自己会和他一样，控制不了自己的脾气，也常常自我提醒，千万不要重蹈覆辙。但狗狗躲起来的样子证实了我的恐惧，原来，我其实跟我爸没有两样。

亲爱的你：

我们想推荐《如父如子》给你，这是另一部是枝裕和导演的作品。

同上篇的《步履不停》，这部的主角也叫作良多，他是一名事业有成的杰出青年，和妻子抚养着独生子庆多。原本看似美满的家庭，却在某天被一通来自医院的电话给打乱。原来儿子出生时，医院发生了抱错孩子的事件，养了六年的爱子庆多竟是别人的儿子。面对这突如其来的打击，良多陷入了血缘与亲情之间的痛苦抉择。

一直以来，良多对宝贝儿子庆多抱有很高的期望，希望他应该像自己一样强势又有主见，有时也会责备妻子太过宠爱，才会让儿子的个性太过温驯，不像自己。当确认庆多并非自己亲生，更曾直觉地脱口而出："难怪跟自己这么不像！"

直到后来将亲生的儿子琉晴换回来照顾时,他才深切体悟到血缘并非一切,而庆多在他心中早已经是不可取代了。

发现庆多在离家前用相机拍了许多自己在日常生活中的照片,良多也才恍然大悟,自己已经无情地复制了严厉父亲的言行,伤害了深爱着自己的庆多。

电影里有一段剧情——一向强势的父亲为了见到良多而主动示弱,却还是无情地要良多和孙子尽快切断关系。父亲说:"父子就是这么一回事,不住在一起也会相像。听着,这就是血缘……亲生的儿子会跟你愈来愈像。"对良多而言,他并不愿意与父亲相像,但自己早已下意识地"变成"父亲。当看到庆多执拗地不肯与自己相见,他才惊觉,父子相像不是血缘必然之下的宿命,而是自己的选择。于是他向儿子道歉,让儿子知道软弱是正常的,偶尔想要放弃也可以。他最终选择成为一个慈爱的父亲。

家庭教养的确很重要,毕竟被体罚的冲击直接影响了你。但不用太担心,至少你非常有自觉,知道要怎么断开这个轮回。但也可以同时想想,或许在当时的时空背景,父亲有他无可奈何之处。他也是人，会有脾气，也有无助的时候，若你能找到方式去和解并放下，那么就绝对不会再重复这样的错误了。

其实水某从小也一直很担心自己会承袭上一代的许多问题，例如对细菌的恐惧、执着于要用自己的方式做事、一生气就会掉眼泪、太过冷漠等等。以前只要一发现自己出现这样的倾向，就会矫枉过正，进退失据。年纪渐长，开始学习改变心态，不刻意避开父母的做法，而是去想还有没有更好的选择。慢慢地，除了愈发能够谅解父母，也培养出独特的人格特质，成为糅合了上一代以及自己生命历程的个体。

我们觉得"过去的遗憾"应该是要教会你，而不是束缚你。

同场加映

《何以为家》Capharnaüm, 2018

有些伤痛之所以刻骨铭心，是因为自己当初无能为力。
Some wounds are unforgettable right now because they remind us of how helpless we were back then.

没时间陪伴重要的人

———— Lessons from Movies

活在过去的人低落，活在未来的人不安，活在当下的人平静。
——《日日是好日》

Those who live in the past are depressed; those who live in the future are anxious; those who live in the moment are calm.
—— *Every Day a Good Day*, 2018

欸，水某：

过去这两年，从经营 YouTube 频道开始，我们两个最常在回家的路上感叹："怎么一天又过了？""怎么这礼拜就没了？""怎么今年只剩没几个月了？！"

仔细想想，应该是每周两支新片就占去了我们大部分的时间，其余时间来写专栏、写书、设计帖文素材、分析数据、开会、演讲、出席活动等等也都很不够用。不仅和我们的爸妈几周才讲一次话，甚至好几个朋友、同事也都不再见面了。

我们的生活似乎变得最近愈来愈匆忙、紧缩，更惊觉又一部熟悉的电影居然已经上映二十几年了（例如《黑客帝国》竟在上映二十年纪念版！）。时光飞逝，真的很可怕啊！

亲爱的水九：

我要推荐给你一部清新温暖的日本小品电影，《日日是好日》。这部电影改编自作家森下典子的书《日日是好日：

茶道带来的十五种幸福》，记录了她二十五年来学习茶道时所领悟的人生至理。

典子是个性格严肃、心意不太果决的大学生。她平时没什么好恶，只是很羡慕直肠子的表姐，总是能够很轻松地表达自己的想法。

她在二十岁那年的春天，跟着表姐去向武田老师学习茶道。一开始对茶道充满疑惑的她，后来居然成了老师的得意门生，独自在这里度过二十五个春天。她从不断重复的茶道仪式中，找到自信与成就感；自茶道教室时时更换的书画中，格物致知；也从窗外四季变化里，领略时光的荏苒；更在武田老师不经意的话语中，体会了人生的真谛。

在百年前的茶会盛典上，古时候的人们因交通不便，无法实时通讯，每次的会面，就是"一期一会"——一辈子就可能只这么一次。所以不管是主人或是宾客，都要用心接待，珍惜当下。这样的精神也反映在茶道教室里。不管是武田多年前逝去的老师，或是典子刚去世的父亲，甚至是茶道教室里的每个学员都是有缘才能相聚，而这个缘分会有终结的一天，也会以另一种形式延续下去。

典子说："世上的事，大抵分为两种：一种是立即就能理解的事，另一种就是无法立即理解的事。"

她在二十岁那年接触茶道，用一堆问题问倒了老师，但武田老师只说："要把形式先熟悉了，之后再放入心意，就会懂了。"我想茶道与人的聚散离合一样，就是被归类在"无法立即理解的事"中吧。

说了这么多，其实我也很苦恼，总觉得年纪大了，对时间的相对感受愈变愈短，还来不及细细品味，时间就过了，人就离开了。但我想，不管如何，时间对人都是公平的，每个人都只有二十四小时，要怎么为时间排出重要性，如何善用零碎的时间，我们都拥有主导权。我们可能都因离开职场一阵子了，所以在忙碌中，有时居然忘记此刻有多充实、多幸福。

你还记得我们曾经在 2009 年列过的人生清单吗？是时候该更新了吧？或许经由这样的检视，我们心里会更踏实，确认自己是走在对的道路上，只是有时候脚步太快，有点累而已。

　　武田老师的茶道教室里挂了一幅字画，写着"日日是好日"。不管什么季节，不管我们是何年岁，每一天的时光对我们来说都很宝贵，我们都要铭记以一期一会的精神来珍惜身边的每个人。

　　顺带一提，《日日是好日》也是日本国民奶奶树木希林的离世之作。这位女演员似乎也在她所饰演的武田老师身上，注入了她一贯豁达从容的人生观呢！

同场加映

《咖啡未冷前》*Before the Coffee Gets Cold*, 2018

试着享受生命中的一些小事吧！
有一天当你回头看时，会发现那些才是最重要的大事。
Try to enjoy the little things;
one day when you look back, you'll realize they are the most important things of all.

对他人的各种恐惧

———— Lessons from Movies

悔恨其实是一种恐惧，
若你选择逃避它，等于是让它控制你。
——《小丑回魂2》

Regret is a form of fear;
to run from it means to be controlled by it.
—— *It: Chapter 2*, 2019

嗨，水九：

　　我深知自己有个问题，这件事影响了我在生活里的许多层面，应该也对你造成深切的困扰。这个问题就是，我很恐惧事情不如我所预期地发展。

　　我记得以前应征的时候，若面试官问我有什么缺点，我会老实地说，希望所有事情都在自己的控制中，所以有一点强迫心态，可能要注意一下跟同事的互动模式。而我第一次向员工自我介绍时，也是说自己很容易担心工作上有意外，若同事预期会出包或有可能需要帮忙，请一定要提早跟我说，不然我会很生气……

　　工作或许可以用一些管理方法去控管，但生活层面与待人处事却很难如此。我自己分析了一下，这种事事只相信自己、不放心交托给别人的个性，应该是源自童年生活里面临了许多变动，所以总是预期事情一定会出错，导致很紧张地重复确认，也就习惯了在恐惧中生活。这真的很累！关于这点你有什么建议吗？

嗨，水某：

你的这个问题，其实我老早就发现了，所以我每次皮都绷得很紧啊（立马转移话题）。

我想推荐给你的电影，是一部很优秀的恐怖片，《小丑回魂2》。《小丑回魂2》是改编自恐怖大师斯蒂芬·金的同名经典小说，故事叙述在美国一个名为德瑞镇的地方，每二十七年便会发生一连串的意外或失踪事件，导致大量的孩童死亡。在德瑞镇出生长大的少年比尔，他的弟弟乔吉就是在一九八八年十月的一个雨天在下水道失踪，而这一切的背后，是由一个来自外层空间、借着吞噬人的恐惧与肉体维生、被称为"小丑"的谜样生物所造成的。

因为"小丑"非常喜欢人们害怕时散发出来的"恐惧"味道,所以"小丑"会化身成为孩子们心中最害怕的东西,先品尝他们的恐惧,然后再张口吃掉他们。

要知道我们之所以会害怕某件事物,往往都是因为这件事物曾带给我们不好的回忆,或是曾经从别的地方听过类似的经历。例如有些曾经溺水过的人会很怕水,有些出过车祸的人会很怕车,甚至有些被劈腿过的人会很害怕感情。而"小丑"因为可以察觉人们内心深层的恐惧,因此"小丑"知道,只要化成那样事物,就可以毫不费力地让目标因为害怕而无法反抗。

第一集的最后,比尔和他的朋友们成功地打跑了"小丑",离开了德瑞镇,看似从此摆脱阴霾,安心长大。后来比尔成了一个有名的作家,虽然作品大受欢迎,可是他笔下的每一个故事结尾都被读者诟病。虽然电影里没有详细说明到底为什么比尔的故事结局写坏了,但我觉得这应该和他小时候的经历有关。

比尔非常疼爱弟弟乔吉。当乔吉被"小丑"拖进下水道时，因为没有找到尸体，比尔有很长的一段时间都不相信乔吉已经死掉，坚持要继续寻找。当他后来确定乔吉被杀死了，那一天没有陪伴弟弟的罪恶感便从此跟着他。或许是因为乔吉的"故事"没能好好收尾，后来当比尔成为作家时，每每写到结局便会遇上瓶颈，就像是个无法破解的诅咒，让他永远无法写出一个好的结局。

　　在第二次面对"小丑"的过程中，比尔被迫回顾自己的童年让他赫然发现，自己内心最大的恐惧其实不是弟弟的死亡，而是"童年时的罪恶感"。而比尔最终也释怀了，亲手了断眼前反复折磨自己的儿时自我，知道即便当天没有陪伴乔吉，自己还是一个很疼爱弟弟的哥哥。

　　我觉得你遇到的问题可能和比尔很像，因为小时候经历过太多次改变，让你打从心底对于无法掌控的事感到害怕和恐惧。而每当意外发生，就像是触碰到一个开关，让你的心情瞬间陷入低潮，甚至影响到你接下来的判断。

我认为你应该做的，除了要告诉自己已不再是从前那个无法掌握人生的女孩了，更可以试着学学你老公，神经大条一点，凡事乐观一点，因为事情本来就没有那么糟嘛！

同场加映

《小丑回魂》It, 2017

生命中最大的伤害，往往是以爱为名的伤害。
The greatest suffering in life is often caused in the name of love.

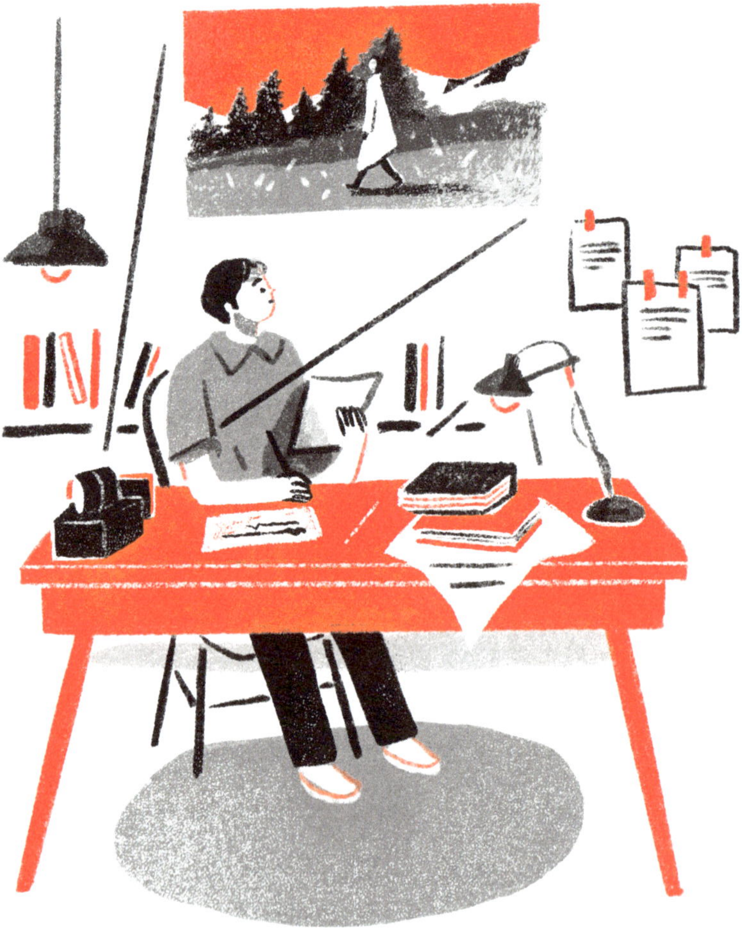

第五场

关于自我——

翻开人生剧本，
写下属于我的故事

遇上不同的境遇，电影可以作为指引。
不过人生的路还是要由自己来走。想象自己是个剧作家吧！
听完许多人的故事，这一次，换你来写下自我的故事。

自身存在的意义

—————— Lessons from Movies

每个掌握了命运的人都做到了两件事：
了解自己能做什么和认清自己该做什么。
——《蜘蛛侠：平行宇宙》

Two things need to be done for anyone who wants to control their fate: understand what you can do,
and realize what you need to do.
—— *Spider-Man: Into the Spider-Verse*, 2018

水九、水某你们好：

我是大学生，对于我的人生有很多的疑问。而最大的问题，就是生命的意义到底是什么。对我来说，人生好像是一件没有意义的事。所有的人都一样，被生出来、长大、学习、工作、结婚、生小孩、变老，然后死掉，再不断地代代循环……如果最后都是要死掉，那么现在的一切又是为了什么呢？

因为认识一些已经出社会的人，好奇地观察他们，但在我的眼里，他们每天的生活就是工作。当我问他们工作的目的到底是为了什么，大部分的回答也只是"可以过更好的生活"。不过在我看来，那样的生活根本就不能算得上"好"啊！

亲爱的你：

　　《蜘蛛侠：平行宇宙》的主角是一名叫作迈尔斯的少年。他一心想要成为艺术家，却因为父亲的期待而到了一所让他觉得格格不入的精英学校就读。在他意外地被一只受辐射感染的蜘蛛咬了一口之后，开始拥有像蜘蛛侠一样的各种能力，不过他也因为不知道如何控制而感到万分苦恼。后来迈尔斯遇见了来自另一个时空的彼得·B. 帕克。这位蜘蛛侠年纪大、身材走样，连女友玛莉·珍都离开他了，这名老彼得有别于我们对蜘蛛侠年轻有活力的印象，他自怨自艾又愤世嫉俗。

　　故事就在这位消极的中年蜘蛛侠遇见急于成长的小蜘蛛侠之间展开了。他们两人的冒险旅程不仅让迈尔斯找到自己的生命意义，也让中年彼得想起了初衷，再重新出发。

其实水某在高中时，因为家里的经济状况不好，又是家中长女，压力很大，一度想要逃家、远离一切。那时虽然该专心准备联考，但水某开始意识到生命不该只有考试、赚钱、抚养下一代，然后重演在祖父母与父母身上所看到的不幸。当时水某很疯狂地窝在图书馆看电影，去各个教会挑战信仰，打电话给多个公益团体，探究人生的意义是什么。

在这探索的过程中，并没有答案出现，水某却也从那些想尽办法要给答案的大人身上，看到他们自身的彷徨，就像电影中想要倚老卖老的老彼得一样。而水某永远记得当时听到某位牧师所说的一句话："要先相信，才看得见。"

原先以为这句话是在提醒人们要坚持信仰，长大后经历了许多，看到这部电影里，老彼得说成为蜘蛛侠的秘诀，就是 take a leap of faith，也就是"信念之跃"，水某才融会贯通这个道理。

原来对于生命，也需要先相信，才能"得道/到"。先相信你在这世上是有价值的，是无可取代的，再去尝试各种事物，总会慢慢摸索出一个方向。若是根据自己有限的人生经验，就做出"人生没有意义"的结论，这样岂不是太狭隘了吗？

　　人生的意义来自一次次的体验与自觉，而不是一个普世的标准答案，因为每个人都是独一无二的个体。况且，所谓的人生，向来没有正确答案。这世上也一定有只有你才做得到的事情，这可是科学家斯蒂芬·霍金说过的喔！

同场加映

《别让我走》Never Let Me Go, 2010

信心其实很简单，就是不要怀疑自己是否可以做得到。
Stop doubting yourself and you'll see just how easy it is to find confidence.

摆脱不了想比较的心

———————————————— Lessons from Movies

路是为自己走的，
不是走给别人看的。
——《你好布拉德》

Walk the path for yourself,
and not for anyone else.
—— *Brad's Status*, 2017

水九、水某：

我出社会工作十年了，已经三十好几，接连失恋又失业，决定要转换跑道，做比较稳定的工作。因为觉得以后或许注定孤身一人，必须要有稳定的生活。

虽然已经努力了好久，但我还是对未来感到很茫然，看着别人似乎都很清楚自己在做什么，自己却原地踏步，总在夜深人静时，忍不住一直滑别人快乐的社群帖文与照片，多么希望那才是自己的人生……

亲爱的你：

人是群居的动物，与别人比较是天性。演化的过程中要是没有跑得比别人快，我们或许就活不下来。所以即便到现代，我们不再需要狩猎，远离危险，但我们还是得要竞争，才能从众人当中脱颖而出。工作要比别人好，收入要比别人多；案子要抢快，上片也要抢快；照片要比别人美，就连孩子和宠物都要比别人家的可爱！

在电影《你好布拉德》里，布拉德就是这样的一个人。中年的他经营着非营利事业，有活泼贴心的妻子和成熟懂事的儿子，一家人过着稳定平凡的生活。但布拉德总是在社群平台和新闻媒体上，看着大学同学们个个出人头地，自惭形秽于没有任何值得一提的成就。意志消沉的他，有天终于找到机会，让他找到一件可以拿来炫耀的事——成绩优异、准备申请大学的儿子！

他决定亲自带着儿子去几间名校准备面试，也一度沉浸在"人生胜利组"的优越感中。然而儿子的无心之过，错过哈佛面试的机会，让布拉德担忧自己仅剩的梦想就要破碎了。于是他着急地到处求助他的大学同学，过程中也被迫开始正视自己的抑郁人生。

这个故事听起来好熟悉、好真实，仿佛就在我们身边，甚至有时候，我们自己都像是布拉德，会忍不住与他人比较，时常怨叹"如果当初这样，就不会怎样……"。

现在的你，正值人生转折点。这是最好的时机能让自己想清楚，自己到底想要做什么、要去哪里，就别再想别人怎么看、怎么期待了。况且，我们总是从自己的角度去羡慕他人，却没想到别人也可能羡慕着自己所拥有的事物，只是没说出口罢了。

你相信吗，让你去体验别人的人生之后，你会发现，其实自己的人生才是最好的，只是我们总因为忙着羡慕，而忘了珍惜。

我们两人一直都很知足，在二十几岁时受过传统职场的历练，经历许多挫折。到了三十好几，有机会得以探索自己对未来的想象，不管是经营粉丝页，或是成为YouTuber。而在每段新的旅程中，我们同样会害怕从头开始，也会借由比较来判断自己做得好不好，但我们最自豪的，就是从不在意自己在别人眼中是怎样的存在，也不会刻意包装出一个美好的假象，让自己过得辛苦又郁闷。

即便我们走的道路不符合社会上一般人的期待，甚至步步荆棘，充满了风险，但我们相信幸福没有每个人都适用的答案，只有自己心甘情愿的选择。走好自己的路，追求自己的梦，不嘲笑谁，不埋怨谁，更不羡慕谁，就是一场美好的人生。

而你也一样，眼前有难得的幸福——时间弹性、自由自在。就好好纪念这段探索的过程。对于未来，很少有人可以停止彷徨，这只是个小颠簸，三十几岁根本不晚，千万别认为自己不再年轻，就这样将就着过生活，到了四十几、五十几，才又后悔自己当初的选择。

同场加映

《电力之战》*The Current War*, 2017

不要跟着别人的脚步走，因为他要去的，不是你的目的地。
Don't follow others' footsteps; because where he is going may not be your destination.

装模作样好累

———————————————————— Lessons from Movies

人生最大的挑战，
就是在一个试图将你定型的世界里，
就得在利用和被利用之间找到平衡。
——《黑袍纠察队》

The biggest challenge in life is to be yourself in a world that is trying to shape you into something you are not.
—— *The Boys*, 2019

哈啰！水尢、水某：

　　我是个混血小孩，但不知道是自己的问题，还是我在别人眼中就是不一样，就算我再怎么努力讨好，还是没有办法真正地被所有人接受。久而久之，我戴上面具，装出别人期待的样子。

　　或许有一半的我不属于这里，所以才会一直显得格格不入，但为了生存，那一半的我被挤压得愈来愈小，就快要消失了。我觉得好无力，即使知道正在失去自我，却也不知道能做什么来挽救自己……

亲爱的你：

　　《黑袍纠察队》在最近众多好评的剧集里突出重围，是部口碑爆表的好剧！故事叙述在一个架空的世界，被称为"七巨头"的超级英雄们不只真实存在，还被当成明星一样被经营着。在大型企业的包装下，英雄们的一切都被商业化，周边商品与影视作品是基本盘，广告和代言更是家常便饭，就连城市都可以花钱聘请超级英雄进驻，成为当地的打击罪犯招牌。

但就如真实的世界，任何华丽的包装下都藏着不为人知的一面。许多英雄不只个性与形象大相径庭，甚至还做出许多伤天害理的勾当，也因此招来一群名叫黑袍纠察队的私刑者，试图摘下超级英雄们的虚伪面具。

作为剧集，《黑袍纠察队》拥有更多的时间来说故事，编导花了很多心思铺陈英雄们的心路历程。不管是护国超人的出身、梅芙女王的沉沦，乃至于潜水王的矛盾、高铁侠的恐惧、星光的格格不入，都让我们看到超级英雄人性脆弱的一面。

这些超级英雄感受到自己的价值被剥夺，只剩下一个外界所期待的美好形象。日复一日，他们愈来愈厌恶戴着那张虚假面具的自己。而表面上所向无敌，内心却一个比一个凄凉的他们，也被迫开始学习成为自己的超级英雄，才能拯救自己。

其实没有人愿意被逼着假面生活。会这么做，不外乎就是因为对真实的自己没有自信，以及害怕失去别人所给予的一切。

如果就自我论自我，不要去和别人比，真实的你有什么不好呢？你的存在如此独一无二，这世上就一个你，如果还要伪装成另一个"大众公版"，那你在这世上的价值又是什么呢？

就像是邻家女孩星光，从小就幻想着加入七巨头，小时候的她，借由警察的广播频道决定要去打击犯罪。但在加入公司之后她才发现，原来公司会准确地安排好英雄出手的时间与地点，他们只要准时出现，亮出他们的超能力就大功告成。而后来她更发现，这一切都只是公司精心安排的秀而已。

一开始，星光为了不让妈妈失望，也不想轻易放弃她一直以来的梦想，只好委曲求全。但经历了一连串外界的挑战之后，她也学会了不轻易妥协。因为她知道，最糟的不过就是退出七巨头、失去名利、让妈妈失望,但能换回的却是踏实又自在的人生,也才是个名副其实的超级英雄。

我们相信你另一半的自己正在求救,千万不要忽视那个声音,因为两者合一,你才是完整的个体;也因为有那样的不同,才成就了这个独一无二、不可取代的你。试想一下:有多少人能够像你一样,一出生就承继了两种文化的资产与熏陶呢?

同场加映

《我,花样女王》I, Tonya, 2017

有些人看起来很坚强,但内心却早已遍体鳞伤。
Some people may look strong on the outside, but deep down they are wounded all over.

曾经的过错与恐惧

———— Lessons from Movies

恐惧只是一时的情绪,
别让它留下一辈子的遗憾。
——《返校》

Fear is only a temporary emotion;
don't let it become a regret for life.
—— *Detention*, 2019

> 水九好、水某好：
>
> 　　对于过去自己曾经犯下的错感到很愧疚，不管是曾经出轨、对母亲的态度，还是一路以来曾经对不起的人。
>
> 　　以前还小、不懂事，现在长大了，经历了许多事，才懂得这种被所爱欺骗、唾弃的感觉。现在还可以珍惜家人，至少他们都还在身边。但是对于那些已经离开的人，就不知道要怎样才能赎罪了。

亲爱的你：

　　我们推荐给你的是一部改编自知名同名游戏的电影《返校》。

　　游戏与电影的背景都设定在戒严时期的台湾，一间位处偏远的翠华中学。学校里以张明晖、殷翠涵为首的几位老师和几名学生私底下组成了读书会，读着被视为禁忌的课外书，却遭到不明人士举发，导致了后来一连串的逮捕、刑囚乃至于处死。而这些惨事背后的怨恨与冤屈也开始在校园中蔓延，形成了有如炼狱般的牢笼，将身为学生的男女主角魏仲廷、方芮欣两人困在幻觉与现实夹杂的诡异空间里。

电影一开始，我们看到魏仲廷和方芮欣因为暴风雨被困在学校里。但跟着他们的脚步探索，察觉到这座"校园"并不是人间的建筑，而是由死去的人的怨念所形成的一个空间。里面除了同样遇害的老师和同学们之外，更有前来索取灵魂的"鬼差"等灵体。

而方芮欣其实也是被困在这个空间里的一个亡魂，但和其他人不同的是，她忘记了死前到底发生过什么事，却因为一股放不下的怨念导致她不断轮回。在这个过程中，方芮欣渐渐拼凑出她生前的最后一段时光，也赫然惊觉自己因为父母感情不睦，加上误会了心仪的老师，一时情绪失控所做出的举动，竟导致同学与老师们惨遭枪决。被罪恶感吞噬的方芮欣选择自杀，但又因为没能正视自己的内心，使自己的灵魂被困在"校园"里。

鬼神之说虽然虚无缥缈，但我们觉得故事里方芮欣这个角色其实是在比喻现实生活中的许多人，因为各种缘由而被困在目前的状况，无法离开。他们的肉体或许没有受到限制，但心灵却因没有依靠而时常感到不安，例如有些人担心失去收入而不敢离职，有些人想被喜欢而讨好他人，更有些人无法释怀而不断折磨自己。

电影中有句台词："你是忘记了，还是害怕想起来？"解答了挣脱桎梏的唯一办法，就是直接面对过去。

对于那些已经离开的人，或许你可以留下讯息给他们，向他们道歉，解开过去的心结。但不要期待他们应该要回复，或是做出什么响应。因为受过伤的他们，也需要时间去消化你的歉意，或许一开始会因为道歉来得太晚而生气，但过一段时间，相信他们也会找到面对过去的方式。这样一来，你们的关系才能算是画上一个圆满的句点。

不管怎样，面对过去的你，已经不是从前的自己了，虽说不能将过去一笔勾销，但也不要因为太过自责，而让眼前的人感到被忽视了喔！

同场加映

《我们》Us, 2019

把过去埋得愈深，浮现时的伤害就愈大。
The deeper you try to bury your past, the greater you'll get hurt when it surfaces.

来不及说的再见

———————————— Lessons from Movies

愈是珍贵的回忆，
放下时愈要慢慢地、轻轻地。
——《生日卡片》

The more precious the memory,
the more gentle you need to be when putting it down.
—— *Birthday Card,* 2016

亲爱的水九、水某：

　　在海外生活的某日，接到了外公过世的通知。本来想要回家去为外公上香，但家人认为人都已经往生了，也见不到最后一面，回来的意义不大。

　　但我一直很自责，为什么没有在他生病时多打电话回家陪他聊聊。我与外公特别亲近，因为小时候是他照顾我长大的。自从他走了之后，我时常失眠，动不动就掉眼泪，不管做什么事，都很容易想起他的身影。

　　这样的状态已经好一阵子了，我不想跟家人或朋友谈这件事，因为那样也只是多一个人陪我伤心难过而已。有时候我甚至会想，自己是不是刻意要这样思念外公，因为我怕遗忘了他。

亲爱的你：

我们推荐的电影是一部内敛又沉静的日本电影《生日卡片》。

纪子是个内向文静的女孩，母亲在她十岁时因病去世。从那时开始的每年生日，纪子都会收到母亲在生前为她写好的卡片，依据她的年岁教她一件事，年复一年地陪伴着她长大成人。有一年要她去做志工，有一年教她化妆，有一年教她做蛋糕，还有一年拜托纪子回家乡代替自己与同学相聚……

每年的这些活动，无形中帮助了纪子走出母亲离世的伤痛，也激励纪子用不同的方式去认识与怀念母亲。

不用刻意逼着自己去走出或是留在这个伤痛之中，当你愈执着于这点，就愈难自拔，甚至你的罪恶感也会时不时把你拉回过去，折磨着自己。纪子也是如此，因为在妈妈生前，她曾经对妈妈说过很不好的话，一直很自责。每年虽然可借由卡片假装妈妈还在身边，但即将满二十岁的她，潜意识中知道终究有一天，得要认清妈妈已经离去的事实，她再也收不到妈妈的祝福。不过，她却也在这十年间慢慢地找到自己人生的方向，将过往的回忆珍惜地保护着。

试着把对外公的思念写下来，回想他的陪伴与教导，每天写一封短信给他，就像你习惯打电话找他聊天一样。不管多久，直到有一天你能好好睡觉、好好生活，也能够回忆起外公一直以来给你的爱与力量，你就能勇敢地重新开始。

我们也推荐你《百日告别》《老师你会不会回来》两部电影。你会发现，对所有人来说，疗伤与放下的过程从来都不容易，但是可以借由持续做一件事，慢慢地、轻轻地把那蒙上哀伤的回忆收藏起来，换个方式去珍惜这些过去。

也千万不要因为自己没有见到最后一面、没通过最后一次电话而钻牛角尖,别忘记现在还在世的人,其实更需要你的关注。

同场加映

《宠物坟场》*Pet Sematary*, 2019

放手让一个无法停留的人走,得到的会是自己的自由。
You are the one who is freed when you let go of someone who isn't meant to stay.

想要成为别人

———————————————— Lessons from Movies

戴面具并不可怕，可怕的是因为戴久了，
忘了自己还戴着它。
——《无双》

If you wear a mask for too long,
you may forget you're still wearing one.
—— *Project Gutenberg*, 2018

嗨，水九、水某：

　　我有一个交情还不错的同学，他功课好、人缘好，就连社团或运动都玩得很出色。虽然他的外形并不特别，但我真心羡慕他。每次和他在一起，都会忍不住学他说话的方式，跟他买一样的东西。

　　一开始自己没发现，后来被别的同学当场看到，还嘻嘻哈哈地说出来了，我才发现自己居然如此，但也好讨厌自己在那个当下没有说些什么。想到这里，又觉得好丢脸，不知道自己怎么会这样。

亲爱的你：

　　《无双》这部电影叙述一位不得志的艺术家李问，只会模仿别人的画作而无法成名。没想到他的才能却被一个伪钞集团的首脑，代号"画家"的人给看上，让他协助制作最新版的美钞。而故事就环绕在李问、"画家"，以及追捕他们的执法单位这几组人马之间斗智斗力。

"无双"顾名思义，就是"只有一个"的意思，而这个概念也贯穿了整部电影：分别是"艺术中的无双""身份上的无双"以及"感情里的无双"。

"艺术中的无双"暗讽的就是李问的仿画。他虽然画艺精湛，但最大的遗憾却是没有创作的能力，只能够靠着模仿、抄袭知名艺术家的画来维生。

"身份上的无双"指的是李问被捕，警方借由他的口供来全力追捕"画家"，才发现"画家"并不是真实存在的一个人，只是李问塑造出来的虚拟角色。更准确地说，"画家"其实就是李问，是他的第二人格，是他仿造的另一个赝品。

一直以来，李问都过着不如意的人生，才能不受重视，外表并不起眼，个性更是软弱。他内心很明白，"李问"这个人是无法当主角的，主角必须是一个更厉害、更完美的角色，而"画家"因此而生。

这让我们联想到另一部和名画有关的电影《寂寞拍卖师》。这部电影里面曾经说过:"每个赝品都藏有真实的一面,造假的赝品再怎么拟真,最终还是会透露出临摹者的自我想法。"

也因为这样,李问看似无法原创,但他却在"伪造自己"时,把内心最深层的渴望完全投入"画家"这个角色身上。"画家"具有领袖气质,潇洒不羁又心狠手辣,这些都是李问没有的特质。可是在李问的故事里,他化身成了"画家",不只一手主导了整个伪钞行动,甚至连"李问"这个人都只沦为了配角。

李问终其一生都在造假,他的画作是造假的,身份是造假的,就连爱情,他也试着造假。原来李问当年根本不是阮文的男友,只是和她住在同一间大楼,默默仰慕着她的一名落魄男子。两人不只不是恋人,甚至几乎没有交集。

后来李问在泰国救出受了重伤的女子秀清。因为秀清脸部受伤而需要整容,李问出自私心,竟把秀清的脸整成阮文的样子,还帮她伪造了身份,成为名副其实的阮文替代品。

而这就是电影里所指涉的"感情里的无双"。

你就是你，是无人可以取代的自己；别人也只有一个，并不需要多一个你去模仿。而学习接受自己，找到能够爱自己的方式，远比终其一生模仿另一个人来得容易、轻松得多了。

我们在刚开始经营 YouTube 频道时，订阅数增长缓慢，观看次数与时间也都少得可怜。在丧失信心的情况之下，我们曾经试图仿效一些影音，用较为夸张的标题来吸引人看影片，却得到更糟的观看时间。因为错误的标题吸引到错误的人进来，自然而然流失率很高。我们甚至还曾因为别人的影片都很短，想说应该是没人有耐心看我们的内容，试过缩短影评长度，制作出不到三分钟，快速的金句影片，但故事与心得都说不清楚，同样得不到观众青睐。直到后来，才发现不是内容与观点的问题，而是我们呈现与包装的方式太过简陋、不一致，而且尝试的过程不够有耐心，成效一不好，就不断改变，像是慌了手脚般，对于尚未养成收视习惯的观众来说自然会觉得很混乱，认不清我们到底是谁。

后来，我们在试错的过程中逐步凸显自己的特色，重拾了自信，这样的感觉既踏实又安心。因为做自己，接受自己的好与坏，才能让自己走得坚定又长远，也才能迎来真实的情感。不然，就算未来以别人的形象成功、受到欢迎，内心的自己还是会不满于这样的虚幻与失落。

羡慕他人是正常的，但我们往往忽略了对方一定也有羡慕你的地方，只是不一定会说出口而已。别人说不定也曾表达过倾慕的想法，只是自己听不进去罢了。

同场加映

《寄生虫》*Parasite*, 2019

当你羡慕时，他的总是比较好；
当你珍惜时，你的就是最好的。
If you envy, what others have is always better;
if you cherish, what you have is always the best.

追梦的挑战

— Lessons from Movies

人生总是难以捉摸。
你以为拥有的，其实正在失去的途中；
你以为失去的，却正在来的路上。
——《爱乐之城》

You can never figure out life.
What you thought you own, is actually leaving;
what you thought you've lost, is actually on its way to you.
—— *La La Land*, 2016

水九、水某你们好：

　　我退伍一阵子了，在工作方面，我想走的路与一般人的价值观有很大落差，因此让我身边的人都不太认同。不管是家人、女友，大家都有自己的意见，想要影响我。独自走在这条路上感觉好孤独。

　　我觉得自己已经尝试了许久，真的好累。但我听过一个故事，说追梦就像挖矿，很多时候只差了几公分就会挖到了，却因为看不到希望，而在临门一脚处放弃。我都是用这样的想法在支撑自己，也有与我处境相同的电影吗？

亲爱的你：

　　我们推荐给你的电影是横扫2017年金球奖，并在同年获得奥斯卡最佳导演奖的《爱乐之城》。

故事叙述在号称梦想之都的好莱坞，有一对在梦想与现实之间试图找到平衡的男女，命运的安排不只让他们相遇，更让他们成为彼此梦想背后的最大支柱。但也因为两人的梦想，他们产生距离，无法走在一起。

米娅是一位演员，不过一直得不到演出机会的她，只能在影城的咖啡馆打工，靠着微薄的薪水延续她的演员梦。塞巴斯蒂安则是一位琴艺精湛的音乐家，但他对爵士乐的坚持每每局限了他的事业发展。好莱坞的无情逐渐消磨掉他们对梦想的热情，每次试镜都不顺利的米娅，只演过几个无关紧要的小角色；塞巴斯蒂安更不得已，只能参加一些无聊的派对演出。就在此时，他们相遇了，爱情的魔力不只让他们互相吸引，更让他们把对方的梦想看得比自己的梦想还重要。

因为有了彼此，米娅和塞巴斯蒂安重新拾回对于自己梦想的信心。米娅决定发挥她写作和演戏的天分，筹划一部自编自导自演的单人舞台剧；塞巴斯蒂安汀则是接受高中同学的邀请，加入了他原本很排斥的流行爵士乐团做商业演出。

但两人却开始在各自的梦想上出现歧见。米娅发现根本没人想看她的剧，反过来怪塞巴斯蒂安不该无限地鼓励她，给她错误的期待；塞巴斯蒂安妥协了自己开爵士酒吧的梦想，也无法理解原本很支持他去尝试的米娅，为什么又反过来要他离开乐团。他们也发现，两人若在一起，就更难专心在自己的工作上。

事实上，米娅的表演当天，寥寥无几的观众中，有一名电影制作者看上她的天分，让她可以去欧洲演出。塞巴斯蒂安的商业表演也让他更接近市场，为他累积了日后开店的经验。这些都是两人在当下无法理解更无法预测的走向。

电影的尾声描绘出他们想象的不同人生结局，酸楚地述说不管人生选择哪条路，最终总会有些遗憾。当你选择了向右行，总会忍不住回首：若是当初向左走，会怎样呢？而当你选择了回头重新再来过，又会忍不住怀疑：当初往右的那条路走到尽头后，会看见什么？现在拥有的，会失去吗？抑或是失去过的，有可能失而复得吗？

若你选择了一条人烟稀少的路，需要忍受一个人的孤寂感，这是自然的。而若选择与众人走一样的路，就算身处于人群之中，因为待在不属于自己的地方，在强烈的对比下，你的内心只会更孤独。

人生就像是个天秤，一边是梦想，一边是现实。最大的挑战，就是在生活中试图找到平衡。也因为人生难以捉摸，人事物来来去去，所以我们只能把握眼前能掌握的，曾经尽力过，就无须执着遗憾。

除了推荐这部电影，我们也很推荐《主厨的餐桌》系列纪录片，每一集聚焦在不同的世界名厨身上，描述他们的故事，更涵括他们自己对梦想的坚持与挑战、与家庭或伴侣间的平衡、追求美食与美学的极致等等。你会明白，眼前的孤寂感只是一个开端，若想要继续走下去，就得学习面对忍耐与牺牲，在这些代价之上去尽力找到平衡。这是每个追求突破的人的必经之路。

同场加映

《下半场》 We Are Champions, 2019

梦想珍贵的地方不是实现的瞬间，而是在追逐过程中的成长。
The most precious thing about a dream isn't the moment it is realized, but the process in which you fought to realize it.

沉溺于过去荣景

———— Lessons from Movies

不要因为走了太久，
而忘了当初为什么出发。
——《超级魔术师》

Try not to forget why you set out to travel in the first place, even when you've been traveling for a long time.
—— *The Incredible Burt Wonderstone*, 2013

水九、水某你们好：

  我算是个小有成就的老板娘，过去几年从韩国带了许多服饰来卖。可能挑货的眼光还不错，也把自己当成消费者，挑选出真的会穿、实用的衣服。生意愈来愈好，分店一间间地开，每一季的新品总有老客户等着要抢，基本上不太需要做什么宣传或是促销。

  而过去这两年，生意慢慢走下坡，其实我们的运作并没有什么不同，猜测是附近商圈太过竞争，其他的经营者也可以拿到差不多的货。所以我们开始调整售价，久而久之，客人与我都习惯了这样的模式，反正有促销就会带来销售。长久下来不仅利润减少，也因为手上能运用的资金不多，久久才飞出国买货一次。陷入恶性循环的我，曾经想过来做网购，但发现也没有想象中的容易，就这样一天拖过一天。

　　有时候看到店里冷冷清清，店员也提不起劲，每天开店都在赔钱，就会想着干脆把店收一收算了！但是回想起过去几年忙碌而充实的日子，又觉得很感慨，不知道该如何是好。

亲爱的你：

　　我们想推荐的电影是《超级魔术师》。伯特从小就立志成为一名魔术师，长大后与他最好的朋友安东成功在赌城一间赌场内成为驻场的红牌魔术师，以"万能伯特与神奇安东"的名号闯出一片天。但随着时间过去，观众逐渐厌倦了他们一成不变的表演，也同时被一些哗众取宠的新型魔术给吸引。

尝过成功滋味的伯特坚持不肯改变，甚至还逼走了与他一起打天下的安东。

但现实的残酷很快地找上伯特，他被老板扫地出门。在一夕之间失去对魔术的热情和长年的友情，伯特陷入低潮，跑去卖场与养老院表演三流魔术赚取微薄的收入，却因此遇见了当年启发他的魔术大师兰斯·霍洛韦。伯特重新体验孩提时的第一盒魔术道具，回想起"带给人们惊奇感"的热情。

伯特由史蒂夫·卡瑞尔所饰演，他将一个曾经风光无限，在例行演出与物质享受中迷失自我的空虚角色演绎得活灵活现。伯特的低落其实来自对自己生活的不满，数十年如一日的表演，他已经失去勇气改变套路，认为只要有观众会看就没必要改。他终日喝酒、泡妞、按摩、做造型，对表演的热情已然消失无踪，也不再珍惜与安东的友谊。

直到当年的偶像魔术大师霍洛韦给他一记当头棒喝，他才回想起，他第一次用魔术盒表演给安东看时，安东脸上那惊奇又快乐的神情，是童年时他俩梦想的起始点。

在我们经营粉丝页的第五年，也是水某还有正职工作的时候，水尢曾经有一度感到很疲惫，或许是因为分享的工作已经上手了，少了一些外来的刺激，也还未意识到影音平台与直播频道的崛起，每天有点像例行公事般地发文。当我们意识到社群媒体的巨大变化的时候，已经起步得太晚了。

所以那时候"那些电影教我的事"有点被读者们给归类在早期部落客（blogger）的印象之中，尤其在 Facebook 平台上读者关注量的成长更是愈来愈缓慢。

后来也刚好因为水某的身体需要休养，在最后一份工作留职停薪一年。在这段时间，我们回去加拿大老家待上数月，一边休养生息，也抱着开放的心态，接受新事物的刺激。在那时，我们回想起这部电影，以及曾经为它写过的一句话——不要因为走了太久，而忘了当初为什么出发。

看着伯特为重整旗鼓所做出的努力，我们每天兴奋地讨论着自己可以尝试的新事物。回来后，开始专心经营 YouTube 频道，换个新的方式来分享我们的心得，不仅带给读者们新意，也利用影音平台这个能够有更多时间表达自己的媒体工具来逼迫自己转型。因为得要写得更深、动作更快，才能突破重围，实时将好内容推播到观众眼前。

那时水某练习撰写长篇幅讲稿，水九练习配音剪接，两人一起合作，尝试各种做法，吵了一整年的架。虽然不像电影中的戏剧效果，主角们总是能够轻易找到解答、华丽转身，但至少我们知道，没有人比我们更在意，也没有人比我们更懂"那些电影教我的事"。所以如果我们不自立自强，就只有等着被淘汰和遗忘了。

把这部重新启发我们的电影，送给遗忘初衷的你！

同场加映

《无用之人》Life in Overtime, 2018

人生中的悔恨有三个阶段：
无法放下的过去、不肯改变的现在、害怕追求的未来。
Regret in life can be grouped into three stages:
a past you can't let go of, a present you refuse to make changes to, and a future that you are afraid to go after.

在复杂环境中迷失自我

—————————— Lessons from Movies

人生中最难的，
就是认清自己是真的被在乎，
还是只是被利用。
——《波西米亚狂想曲》

One of the hardest lessons in life
is knowing you are really being loved,
or are just being used.
—— *Bohemian Rhapsody*, 2018

在复杂环境中迷失自我

想问水九、水某：

为别人打工了几年，存了一些钱，就把这笔钱拿去投资饮料店。不知道是自己特别幸运，还是卖饮料真的很好赚，一下子就把成本赚回，也陆续转投资开了餐厅。但因为做餐饮的时常需要应酬，没日没夜的工作，让我和妻子渐渐疏远。更因为生意愈来愈好，店里的事也愈来愈复杂，开始出现一些员工的问题。

其实我现在并不需要进店去处理事情，交给底下的人就好，自己心力交瘁，只想要清净清净，但看着自己的事业出现风险却撒手不管的时候，又放心不下，真的有一种"没人能理解我"的痛苦感受。

若早知道会需要付出这些代价，当初是不是就不应该做下去？

亲爱的你：

我们想要推荐给你的电影，是改编自皇后乐团真人真事的《波西米亚狂想曲》。

1970 年于英国成军的皇后乐团，唱片在全球销量上亿张，让他们跃身为最畅销的音乐艺术家之一，同时也是英国史上单张专辑总销量的榜首。

对年轻一点的观众来说，皇后乐团可能有点陌生，但是能和他们在音乐上的成就相比的人屈指可数，同期的英国音乐人当中，大概只有埃尔顿·约翰、齐柏林飞船、大卫·鲍伊等人能和他们相提并论。而即便你不认识他们，也一定听过他们的歌，像是 We Will Rock You、We Are the Champions 等都是大型运动场合的必备金曲。

他们前卫又具有远见的音乐风格，以及勇于尝试的作风，不仅留下了许多脍炙人口的歌曲，更对后世的音乐有非常深远的影响。现在乐坛当红的几位巨星，例如凯蒂·佩里、Lady Gaga，甚至是韩国的"江南大叔"PSY，都受到了他们的启发。

片名《波西米亚狂想曲》是他们的其中一首代表作。这首歌不管是在意象、歌词、歌曲结构甚至长度（五分五十五秒），都打破了当时的常规。它不仅在当时获得极大回响，即便过了数十年，仍然被视为是史上最复杂、评价也最高的歌曲之一。

这部电影记录了皇后乐团的成军与崛起以及团员们的心路历程。而以其中的主唱弗雷迪·默丘里作为剧情主轴，那是因为他的经历和其他三位团员比起来更加曲折。弗雷迪出生于东非的桑给巴尔，父母是虔诚的祆教徒，踏实而保守，和前卫不羁的弗雷迪有着明显的反差。电影里也曾多次呈现弗雷迪和父亲之间价值观的冲撞，以及弗雷迪表面上反抗，但内心还是渴望得到父亲肯定的矛盾。

后来当皇后乐团成立之后，他们不甘心做和别人一样的音乐，也不愿意重复自己，因此不断地尝试新的风格，挑战听众能接受的极限。在片中，他们的经纪人曾经问道，皇后乐团和其他乐团有何不同。弗雷迪回答："我们是四个格格不入的人，为了其他格格不入的人而表演。"

在电影里，皇后乐团的四位团员之间像一家人般亲密；而也就像家人一样，四人常常会意见分歧，争执更是少不了。感情好的时候会拥抱着说"我们是一家人"，愤怒时却又脱口而出"你们不是我的家人"。只是亲密归亲密，弗雷迪每每看着其他三人拥有真正的家人、妻子、孩子们的时候还是会感到寂寞。虽然他拥有玛丽这位红颜知己，但性向终究无法勉强，他也只好转而向经纪人保罗寻求慰藉，靠着夜夜笙歌来掩饰自己的空虚。

不过回头想想，弗雷迪其实一直以来都不寂寞，他拥有三位像家人一样的团员伙伴，更有懂他、包容他的玛丽。可惜对弗雷迪这样狂热的灵魂来说，他想要的是激情、爱情，是团员和玛丽都无法给他的。弗雷迪太过执着于他没有的，反而因此推开他已经拥有的，也才导致在电影中的他愈来愈孤立、愈来愈寂寞。

你不妨试着回想：当初开店的原因是什么？是单纯想要赚钱，还是想要拿回工作的主导权？抑或是希望能带给消费者一些东西？当组织壮大后，难免会有更多人事问题浮现，作为主要的投资者也不可能就这样放着不管。至于因为工作而牺牲的健康、时间或是家人，都可以摊开来审视，哪些才是真正最重要的。在电影中，弗雷迪愈放纵，反而愈空虚，他从毒品、酒精与性爱中都找不回一开始创作的快乐，以及与团员们打拼的默契。或许该是时候停下脚步好好想想了。

同场加映

《火箭人》*Rocketman*, 2019

比第二次机会还值得珍惜的，是愿意给你第二次机会的人。
What's more valuable than a second chance is someone who's willing to give you one.

写在脸上的情绪

Lessons from Movies

别人的期待，
不该变成自己的负担。
——《天气之子》

Expectations from someone else
shouldn't become the burden for another.
—— *Weathering with You*，2019

亲爱的水某：

　　你之前在研究人类图的时候，说我是什么"情绪驱动的人"，对很多事情很有热情，但也可能只有三分钟热度，而且很容易受到外界影响。我还记得我当下的反应就是很不爽啊，想说我哪有。

　　可是仔细想想，我好像真的是这样。每次只要看到读者或观众在我们的文章和影片下留言，说他不认同我们的观点，虽然我嘴巴上会说"欢迎提供不同意见"，但心里还是会忍不住想"哼，你懂什么？"一整天的心情就此受到影响了。而且我的心情都写在脸上，好像对身边的人也不是很好耶。针对这样的情况，不知道你有没有哪部电影可以推荐给我呢？

嗨，水九：

我想推荐给你新海诚导演的最新电影《天气之子》。

故事叙述一位从老家逃到东京的十六岁高中生帆高，在一间专门报道超自然现象与奇闻的杂志社打工，并邂逅了一位名叫天野阳菜的十八岁少女。

阳菜在因缘际会之下，开始成为能够让天空随着她的祈祷而放晴的晴女，而故事就环绕在他们两人之间的感情，阳菜作为晴女所遇到的各种经历，还有晴女这样的角色所背负的凄美命运之下展开。

在电影的设定中，自古以来，世界各地都有着晴女的存在，她们的使命就是作为凡间与天空的联结，维护着气候的稳定。而每当气候出现严重异常时，晴女就必须奉上生命，牺牲自己来换回世上的安定。

一直很向往晴天的男主角帆高，为了追逐阳光而逃离小岛上的家乡，在阳光的尽头处遇见了女主角阳菜。在东京打工生存的阳菜是个象征阳光、名副其实的晴女，两人从此结缘，也萌生出一段刻骨铭心的恋情。

到了后来，东京的天气愈来愈恶劣，下个不停的大雨虽然让帆高和阳菜的"阳光外送服务"生意兴隆，也让阳菜找到了人生的使命，却在不知不觉中将阳菜推向死亡。因为只要多一个人祈求晴天，阳菜的寿命就会多削弱一点。

天气的千变万化是自然的，如果人们硬要天气按照自己的期待去改变，势必会常常失望。因为举办活动，所以希望放晴，殊不知世界上有许多人正在靠着祈雨以解决旱灾；为了一己之私，就期待世界要配合自己，而当期望与结果有所落差时，就觉得自己受到亏待，衍生各种情绪。

相较下来，帆高和阳菜所祈求的却只是不要牺牲自己而已。在看电影的过程中，我们很容易聚焦在两人的感情，而感到格局过于局限在小情小爱。但我们又想，导演新海诚或许也只是在用他的作品，叛逆地向世界宣告："总是讲爱情又如何？为了爱情，世界都毁灭了又如何？我为什么要为了外界的期待去改变我想说的故事呢？"这些都像是在对他的作品有着期待的观众们所做的喊话。

千变万化的天气，就像是我们在生活中遇到的大小挫折一样。有时候成效不好是难免的，办公室装潢出错了也是难免的，别人迟到了、电梯被按走了，甚至结账时选错收银台而等上老半天，也是常有的事。

当然，你可以说如果早一点计划，或是细心一些，避开尖峰时段，就不会有这些麻烦，但我们也不能保证所有事情都能照着我们的预期去发展。

如果总是因为这些不顺而感到不耐烦、愤怒，那岂不是更亏吗？金牛座的你，应该更能理解停损点的概念吧。若都已经有所损失，后续还要一直往心里搁，使得这件事对你造成的影响更深远，不就赔了夫人又折兵吗？

除了这部电影，也推荐你蔡璧名老师解析庄子的系列作品，希望我们都能从里面找到平静，以及与自己的情绪相处的方式。因为，只要你心情不好，我也遭殃啊！

同场加映

《克里斯托弗·罗宾》Christopher Robin, 2018

决定一个人心情的，不在于环境，而在于心境。
What determines your emotion is not what surrounds you on the outside, but how you feel on the inside.

"放轻松"的练习

水某
也想问

———————————————————— Lessons from Movies

我不是没有烦恼，
只是我不打算一直被烦恼左右
而失去了快乐。
——《寻找幸福的赫克托》

I do have worries,
but I won't let them dictate my happiness.
—— *Hector and the Search for Happiness*，2014

"放轻松"的练习

亲爱的水九：

我觉得我很没有安全感，你知道的，不是对我们的感情，而是对这世界的感知，永远处在不放心、会出事的恐慌状态。这已经成为一种习惯，以前我不认为这是一个问题。直到年纪渐长，从上司、下属、朋友，甚至从你口中，我才知道这样的个性已经造成别人的困扰，或让别人特别为我担心。

有些人说这叫作"完美主义"，也有人说这叫作"没有自信"，我想这应该是源自童年成长环境中的不确定性，再加上后来的工作需要，让我得要确保所有事情都在自己的掌握中，否则无法松懈，甚至会紧迫盯人。

症状如此（你应该不陌生）：很多事都会先设想最糟的情况，甚至相信最糟的状况是最有可能发生的，事情交给别人做不放心，会一直询问，就算把事情自己拿回来做了，完成后还会替自己品管，看很多东西不顺眼，犯贱想要去收拾，总觉得要世界末日了，老是在清点财产与避难包，还因此忘了把重要东西给藏哪了……

我想我会嫁给你,应该也是知道自己无法根除杞人忧天的个性,所以干脆嫁给一个乐天知命的二愣子。但每看你开开心心地过日子,除了羡慕你,还隐隐带有妒恨感:为何老天如此不公平?

嗨,水某:

其实我觉得你最近几年已经好很多了,应该是我的乐观会传染吧。不过你的问题让我想到了几年前看到《寻找幸福的赫克托》这部小品,觉得很适合你呢!

赫克托是一个工作顺遂、感情稳定的精神科医师。虽然人人称羡,但他却一直快乐不起来,于是他决定展开一场一个人的旅行,去寻找幸福与快乐的真意。在旅途上,他遇到了许多形形色色的人,有脾气暴躁的商人、魅力四射的女孩、和善好客的家庭主妇、闷闷不乐的毒枭,甚至还遇见了老朋友与前女友。

在这段旅程中,赫克托曾被要求要回想人生中的三段时光——快乐、悲伤与害怕,然后他才惊觉,幸福从来都不是一种情绪,而是所有的情绪融在一起,也就是人生。

从以前到现在,有许多著作、戏剧或是艺术作品,都在探讨什么是快乐。大家都想要幸福、快乐,却常常不得其所,因为我们都以为快乐要往外求,可能在吃喝玩乐中,可能在异国旅行中,或可能在他人身上。于是忙着赚钱以换取享受,忙着找下一段可以取悦自己的恋情,消耗完眼前的,又忙着找下一项可以刺激我们的人事物,然后就在过程中迷失了。

我所认识的每一个人,包括我自己,每天都会扪心自问:自己是不是不够好?

"我坐在办公室里,扮演着主管的角色,好像很懂我在做什么,但其实我是装出来的,希望没有人发现。"

"我怎么值得这样的爱,他总有一天会发现我的真面目而转身离开!"

"在她的眼中,我不是一个好朋友吧,我是不是应该做更多，让她更瞧得起我？"

"爸妈希望我这样做，取悦他们是我的责任，不然我就不是个好孩子。"

"最近 YouTube 影片的观看次数变少了，是不是他们看腻'那些电影教我的事'了？"

这就是每个人每天都有的烦恼，就算是再怎么成功的人生胜利组还是很容易感到快乐难寻，因为我们都断不了"我还不够好"的自我否定，只是我们不一定说得出口罢了。

以前我因此烦恼的时候，都觉得自己很糟，但是自从经营粉丝页，才从愿意分享心里忧愁的读者们身上看到，原来每个人都经历过这样的过程。很多时候我们并不知道情绪的低潮源于什么，所以才会一直向外求解。或许，有时候这些低潮，就是在提醒我们静下来，放空一下，才能回到一个基本面去看自己身在哪里、幸福在哪里。就像是计算机运转久了，也需要更新、重新启动一样。

我在看完这部电影之后学到最宝贵的一件事，就是永远都不要"习惯"幸福的感觉。每当心情不好，或是觉得烦躁的时候,就看看身边拥有的一切:不管是我们的狗狗也好,老婆也好,甚至只是刚泡好的一杯咖啡,都会让我觉得现在挺幸福的呢!

同场加映

《爱情史》*The History of Love*,2016

有些人不快乐,因为不是在追忆过去,
就是在期待未来,而忘了活在当下。
People are unhappy because they're either
dwelling in the past, or dreaming about the future,
instead of living in the moment.

图书在版编目（CIP）数据

解忧电影院：那些电影教我的事 / 水尢, 水某著
. -- 北京：中国友谊出版公司, 2020.12
ISBN 978-7-5057-5032-6

Ⅰ. ①解… Ⅱ. ①水… ②水… Ⅲ. ①散文集-中国
-当代 Ⅳ. ①I267

中国版本图书馆CIP数据核字(2020)第219193号

著作权合同登记号　图字：01-2020-6716

本书由台北远流出版公司授权中文简体字版，限在中国大陆地区发行

书名	解忧电影院：那些电影教我的事
作者	水尢　水某
出版	中国友谊出版公司
发行	中国友谊出版公司
经销	新华书店
印刷	北京汇林印务有限公司
规格	889×1194毫米　32开
	9.5印张　136千字
版次	2020年12月第1版
印次	2020年12月第1次印刷
书号	ISBN 978-7-5057-5032-6
定价	49.80元
地址	北京市朝阳区西坝河南里17号楼
邮编	100028
电话	（010）64678009